溺恋オフィス

～年下上司に求愛されてます～

御厨 翠

Vanilla文庫Miel

cntents

イラスト／七里 慧

プロローグ

午後十時近くのオフィス内は、しんと静まり返っている。

渡辺立夏はパソコンの電源を落とすと、机の上に置いてある自社製品のチョコレートに手を伸ばした。

（疲れているときはこれに限るよね。うん）

自社のロングセラー商品であるこのチョコは、通称『にゃん太郎チョコ』と呼ばれている。スティック型のパッケージの中にはスクエア型のチョコが入っており、その名の通りイメージキャラクターのネコがプリントされている。個別に包んである包装紙にもこのネコが描かれていて、学生のころから毎日食べていたくらい愛着を持っている商品だ。もともとネコ好きの立夏は、包装紙にプリントされているキャラクター『にゃん太郎』が大好きで、過去に何種類もある包装紙を集めていたこともある。その他にも、『にゃん太郎』グッズのプレゼント企画があれば応募して、今でも部屋にはグッズが溢れ返っている。

国内大手菓子メーカーである『小野田製菓』に就職して七年経った今でもこのチョコを常備しているのは、立夏の原点であり元気のもとだからだ。

口の中に広がる甘さに満足し、帰り支度をすると、商品開発課のオフィスを出てエレベーターまで向かう。けれどもその途中、会議室に明かりが点いていることに気がついた。

（こんな時間まで誰だろう？）

何気なく部屋を覗くと、そこにいたのは立夏の後輩の北條克己（ほうじょうかつみ）だった。入社して三年になる彼は、高い鼻梁に切れ長の瞳が端正な顔立ちと呼ぶにふさわしく、どこか日本人離れしている。ひと目見るだけで見惚れてしまう美形なのに鼻にかけたところもなく、人当たりのよさと温和で柔和な印象もあって社内人気も高い男だった。

常に笑顔を絶やさない彼は、感情が顔に出ず、可愛げがないと言われる自分とは正反対だ。だから立夏は、ひそかに彼に苦手意識を持っている。

しかし――。

（北條くんのあんな顔、初めて見た）

普段笑顔が消えることがない男だが、今はひどく疲れて見える。自身で髪を乱して深く椅子にもたれる姿は、日ごろ見慣れた彼とはまるで違う。

どことなく人を寄せ付けない雰囲気に息をのんだ立夏は、それでも会議室に足を踏み入れた。彼のことは苦手だが、若くして着々と成果を上げている姿は尊敬もしていた。それに、声もかけずに退勤するのは、同じ課の人間の行動として褒められたものではない。

「お疲れ様、北條くん」

声をかけると、彼はハッとしたようにこちらを振り仰いだ。先ほどまでの近寄りがたい雰囲気とは一変し、端正な顔に微笑みを張り付けて立夏を見つめる。

「お疲れ様です、渡辺さん。今、帰りですか？」

「うん。帰ろうとしたとき、この部屋の明かりが見えて……邪魔しちゃった？」

「いえ。少し、休憩というか……ぼんやりしていただけです」

心なしか疲れた様子で彼が苦笑する。立夏はバッグから先ほど食べていたチョコの残りを取り出すと、克己に差し出した。

「そう。それなら、これ食べて」

「これ、『にゃん太郎』じゃありませんか」

この会社に勤める者ならば誰でも知っているチョコを受け取った克己は、不思議そうに立夏を見上げた。

「……どうしてこれを俺に？」

「疲れているときは、甘いものが鉄板かと思って。さっき食べてしまったから、残りは二、三枚しかないけど……」

「いや、だったら余計申し訳ないので遠慮します。ご心配ありがとうございます」

笑顔でやんわりと拒否された立夏は、それでもスティック型のパッケージを机の上に置いた。そして有無を言わさない口調で、彼に告げる。

「行き詰っているなら、一度肩の力を抜いたほうがいいと思うけど。これは、会社の先輩としての忠告。それじゃあ、わたしはこれで」

「渡辺さん」

声をかけられて、出口に向かう足を止める。振り返ると、克己はなぜか真剣な声音で続けた。

「俺、疲れて見えましたか？」

「うん。とっても」

「そうですか……ははっ、気を抜いていたのかな」

立夏に、というよりは、独白のような言葉だった。しかも、常に見るような柔和な笑みではなく、失笑している。

「……北條くん？」

「すみません。なんでもありません……ありがとうございます。チョコ、いただきます」

北條はパッケージからチョコを一枚取り出すと、包装紙を丁寧に剥した。そして口に含み、笑みを浮かべている。

「それじゃあ……お先に」

立夏はそう言い置くと、今度こそ会議室を後にした。

後輩との何気ないやり取りだったが、この夜の出来事が後の人生に大きな影響を及ぼすことになろうとは、このとき立夏は想像していなかった。

1章「貴女の心を俺で埋め尽くしてみせます」

　六月のとある土曜日。渡辺立夏は、この時期にしては珍しい快晴の空を見上げて目を細めた。

　関東地方は梅雨も真っただ中のはずだったが、今日は晴れの門出を祝うかのように太陽が燦燦と輝いている。といっても、立夏自身の門出ではない。同じ商品開発課の元課長で、尊敬する先輩の三浦まなみの門出なのだが。

　今日は、社内恋愛をめでたく成就させた彼女の結婚式、その招待客として立花は参加している。しかも新郎は、立夏が密かに憧れていた営業一課の次長だったものだから、最初に話を聞いたときは大層驚いたものだ。

　他課ではあったが面倒見がいい次長は、立夏や商品開発課の社員も目を掛けてくれた。愛想がなく感情が表情に出ない立夏のことも、「渡辺は不器用だな」と言って、無理に愛想を振りまく必要はないと理解を示してくれた。

　でも次長への想いはあくまでも憧れに過ぎず、自分からアプローチすることもなかった。次長がまなみと付き合っているのは知っていたし、恋と呼べるほどの強い想いではなかったからだ。

ただ――ほんの少し苦い気持ちが胸の奥底にあることも事実だ。

前方には、チャペルから出て来たばかりの新郎新婦が登場し、しあわせそうに寄り添っている。これからブーケトスを行うため新婦が後ろを向くと、招待された女性客が色めき立った。花嫁の近くに集まる女性客を少し離れた場所から眺めていると、背後から声をかけられる。

「――渡辺さんは、行かないんですか？」

振り返ると、商品開発課の上司である北條克己がにこやかに立っていた。

彼は一年前に手掛けた製品を大ヒットさせた功績が認められて、この春二十六歳の若さで課長に昇進した。寿退社したまなみの後釜に据えられ、今は立夏の直属の上司である。ちなみに次長は大学時代の先輩だそうで、今日は結婚式の二次会で幹事を任されているという。

百八十センチはある長身で均整の取れた体型の男は、ただダークスーツに身を包んでいるだけだというのに、いやに周囲の目を引いていた。軽く整えられた髪は清潔感があり、オフィスで見る克己とは違った魅力を醸し出している。隣に立った彼を見上げると、立夏は苦笑して首を振った。

「わたしは、いいんです。特別狙っていたわけでもありませんし」

「そうですか？　もったいないですね。せっかく綺麗なドレスを着ているのに、こんな目立たないところにいるなんて」

　克己の視線が、立夏のドレスに注がれる。

　立夏の今日の服装は、ネイビーを基調としたシックなドレスだった。オフショルダーのワンピースは、アシンメトリーのドレープ使いになっている。ホワイトのボレロを羽織り、パールのネックレスを合わせているドレッシーな装いのため、克己には新鮮だったようだ。

　何せオフィスにいるときの立夏といえば、シンプルなパンツスーツが主だった。肩を超えた髪は首の後ろでひとつにまとめ、アクセサリーの類も身に着けていない。いつも最低限のポイントメイクで済ませているが、さすがに今日は美容院でメイクとヘアアレンジを頼んで結婚式に臨んでいる。だから、いつもよりも華やかな印象を与えるのだろう。

「ありがとうございます。社交辞令でも嬉しいです」

　表情を変えずに答えると、克己がフッと息をついた。

「社交辞令なんて言いませんよ、俺は。綺麗だから、そう言っただけです」

　にっこりと微笑まれてドキリとする。こんな台詞でも様になるのだから、美形は得だ。うっかり照れてしまいそうになりさり気なく彼から視線を外すと、タイミングよくブーケトスが始まるとアナウンスがあり、周囲に歓声が広がった。

「あっ、こっちに来ますよ、ブーケ」

「えっ……」

　克己の声で空を仰ぐと、集まった女性客らの頭上を通り過ぎたブーケが、立夏の手元に落ちてくる。

（欲しがっている人がいっぱいいるのに、よりによってなんでわたしのところに飛んでくるの……⁉）

内心で驚きつつも、それが表情に現れることはない立夏。その代わりに大げさなほどはしゃいで見せたのは、隣にいた克己だった。

「やりましたね、渡辺さん！　花嫁に次いで今日のしあわせ者ですね」

克己の声に、周囲から笑い声が起きる。立夏は克己の振る舞いに感心した。

（助けてくれた……のかな。それとも、ただの偶然？）

立夏は平素から、表情筋の動きが極めて少ない。喜んだり悲しんだり動揺したりしているのに、それが表立って現れないのだ。だから今も、突然ブーケが飛んできたことに驚きつつも嬉しかったのだが、周囲に感情が伝わってはいなかっただろう。

ともすれば場を白けさせてしまったところを、思いがけず克己に救われたのだ。

（偶然……だよね）

同じ商品開発課とはいえ、克己と立夏の間には上司と部下というだけの接点しかない。

それにもともと克己は、幹事を務めるくらいだし、この場では先輩の結婚式を華々しく盛り上げる役に徹しているのだろう。

隣で微笑む彼を見上げると、立夏はそう結論付けた。

二次会の会場は、新郎新婦が懇意にしているというフレンチレストランを貸し切って行われた。立食形式の気軽な会で、招待客は皆各々で輪を作り、歓談している。

立夏は、二次会に訪れていた同期のひとりである営業一課の小池ひろ子と一緒に店の片隅のカウンターテーブルに陣取ると、ワインを楽しんでいた。

彼女は入社して以来、立夏のよき友人で理解者だ。表情の乏しい立夏の感情を、彼女は的確に察してくれる。聞けば彼女の彼氏も立夏同様に表情の変化があまりなく、その手の人間の感情を読み取ることに長けているのだという。清楚な印象の美人だが、見た目に反してざっくばらんな性格だから、一緒にいて居心地がいい。お互い酒好きなこともあり、会社帰りに誘い合って飲みに行っている。ともに未婚、しかも住んでいるアパートが近いこともあって、家で飲んでそのまま泊まることもあった。もちろん、彼女と彼氏の逢瀬を邪魔しない程度に、節度をわきまえてはいるのだが。

「三浦さんも結婚か。立夏は特に懐いてたから、寂しいんじゃないの？」

「まあ……ね。でも、おめでたいことだし、寂しいとも言ってられないけど」

「でもさ、正直複雑でしょ」

ひろ子はちらりと立夏が持っているブーケに目を遣ると、小さく肩をすくめた。

同期の女性社員たちは、入社三年から五年で寿退社しているため、残っている同期で未婚の女性社員は立夏とひろ子だけになった。今日の主役であるまなみも立夏らと同じ状況で、同期らの結婚を横目に仕事に打ち込んできた人物である。仕事の出来る彼女は傍目に見ても格好よく、立夏にとってあこがれだった。昇進したときは、我が事のように喜んで、ひろ子と一緒にお祝いしたものだ。

「三浦さんの後釜として昇進するとすれば、立夏なんじゃないかってみんな思ってたけど……まさかの北條くんだもんなあ。彼が課長補佐になったときはビックリしたよ」

「……わたしは、課長なんて器じゃないしね。彼なら適任でしょ」

ひろ子に答えた立夏は、言い得ようのない焦燥を飲み込むように、グラスに入っていたワインを飲み干した。

昇進にそれほど興味はない。でも正直に言えば、悔しい気持ちがないわけじゃない。

小野田製菓は創業五十周年の老舗製菓会社だが、旧態依然とした年功序列制ではなく、完全実力主義制度である。成果が挙げられれば、キャリアや性別関係なく昇進のチャンスが与えられる。

だから克己の昇進は彼の実力であり、立夏が昇進できなかったのならそれは実力不足だ。

(頭では理解しているんだけどね……)

仕事には真摯に取り組んできたつもりだが、それでもまだ足りないのだ。努力が報われないことなど社会に出て多く経験しているが、それでも結果が伴わなければ徒労感が押し寄せてくる。

「あ、ごめん。電話かかってきちゃった。ちょっと行ってくる」

「うん。彼氏？」

「そう。二次会の後、会う約束してるから」

ひろ子が席を立つと、立夏は空になったグラスをワインで満たし、ふたたびそれを呷った。すでにひろ子とふたりでかなりの酒を消費していたが、ひとり残されたことで手持ち無沙汰になり、酒を飲むしかできない。別のテーブルに行って会話を楽しむような社交性もなかったし、そういう気分でもなかった。

ふと視線を巡らせると、新郎新婦がしあわせそうに招待客らに囲まれている姿が目に留まる。

会社の同期や学生時代の友人たちが結婚していく中、立夏は男っ気もなく結婚の予定もない。二十九歳という年齢から焦りもあるが、自分から婚活に励むような行動力もなく現状維持を保っている。このままいけば、間違いなく婚期は訪れないだろう。

（わたし……これからずっとひとりで生きていくのかな）

立夏の恋愛経験は少ない。大学時代に一度彼氏がいただけで、それ以降は色恋と無縁だった。その後も言い寄られた経験が皆無というわけではないが、立夏は表情が乏しく愛想もないことから、言い寄ってきた男性は脈なしと判断するか、「可愛げがない」と評して去っていく。その結果、心が惹かれる男性と出会うことも、異性から強く求められることもなく、恋愛から遠ざかっている状態が続いている。

（自分から行動しないとダメなのはわかってるんだけど……）

ひろ子が彼氏の友人を紹介してくれようとしたことが何度かあったが、いずれも丁重に断っていた。

いい年をして、恋愛に対して臆病になっている。そのくせ人のしあわせを見れば羨ましいと思う。自分の弱さが情けなかった。

アルコールが入ったことで、いつもよりも感傷的な思いに駆られている。わかっていながらも、つい新たなボトルに手を伸ばす。胸の中でくすぶるやるせなさはどんどん大きくなっていき、それを誤魔化すようにワインを飲むうちに、涙腺がゆるんでしまう。

（やだ……泣くつもりなんてないのに……）

目の縁が熱くなるのを感じた立夏は、そっと目を伏せてうつむいた。すると、電話から戻ってきたひろ子が驚いたように声をかけてくる。

「立夏？　どうしたの？　気分悪い？」

ひろ子の声で、周囲が一瞬ざわめき、視線が集まるのを感じる。涙ぐんでいるところを見られては、場の空気を損ねてしまう。

どうしようかと思っていたときだった。

「渡辺さん。ちょっと手伝いを頼まれてくれませんか」

「北條課長……」

「すみません、小池さん。渡辺さんをお借りします」

立夏の答えを聞くよりも早く、克己はひろ子に断りを入れていた。克己に促された立夏は自然とその場を離れ、店の外にあるテラスへと出ることができた。

冷房の効いた店内とは違い、外に出ると梅雨時独特のじめじめとした空気が肌にまとわりつく。どこか落ち着かない気持ちで克己の後に続くと、店内の明かりが届かなくなった場所で彼が足を止めた。そして振り返ると、不意に立夏の顔をのぞき込んでくる。

「少し落ち着いたようですね」

「……あの、私は何を手伝えばいいんですか？」

「ああ、あれは方便です。渡辺さんが、困っているようだったので。もっと言えば、泣きそうだったから連れ出したんですよ」

（えっ……それじゃあわたしの様子がおかしかったから、わざわざ連れ出してくれたってこと……？）

立夏の異変を察知した克己は、大事にしないようさり気なく外に連れ出してくれたのだ。彼の機転に感謝しつつ、立夏は頭を下げた。

「気を遣わせてしまってすみません。お蔭で助かりました」

「なぜ泣きそうだったのか聞いてもいいですか？」

「……泣きそうだったわけでは。少し感傷的になっただけです」

この件については、あまり突っ込まれたくはない。早々に会話を切り上げようとした立夏だったが、なぜか克己はさらに距離を詰めてくる。

「強情ですね。でも、涙ぐんでいる渡辺さん、可愛いですよ。いつもの凛としている姿もいいですけど、今は程よく隙がある。付け込みたくなりますね」

「な……」

克己は皆の前で見せる笑顔ではなく、どこか艶のある表情で立夏を見ていた。

いつもは人当たりの良さと柔和な表情で警戒心を与えないが、もともと端整な顔立ちの男である。色艶を押し出されては、心臓によろしくない。

あまり動揺が態度や顔に表れない立夏でも、さすがに克己の豹変には戸惑いを隠せない。するとと克己は、立夏の耳朶に唇を寄せた。

「さっき渡辺さんを助けたお礼代わりに、どうして涙ぐんでいたのか聞かせてもらえませんか？　感傷的になっただけにしては、ずいぶんつらそうでしたよ？」

耳朶に触れた彼の呼気に、鼓動が跳ねる。

（本当に、よく見てる……こういうところが、若いのに出世コースに乗る理由なんだろうけど……）

だけど今は、彼のそういった部分を恨めしく思う。立夏は克己から距離を取りつつ、彼を見上げた。

「……聞いても面白い話ではないと思いますよ」

「知りたいんです。教えてください」

頑として譲らない克己に観念した立夏は、ぽつぽつと語り始めた。

次々に結婚していく友人や同僚のしあわせを嬉しく思う一方で、自分は男っ気もなく恋人もいないこと。このまま恋も結婚もせずに過ごすのかとネガティブな思考に陥って、つい涙ぐんでしまったことを白状する。

「わたし、この年まで仕事しかしてこなかったんだなって思ったら、寂しくなってしまって……それだけなんです」

「意外ですね。渡辺さんは綺麗で魅力的だし、仕事もできる。俺にとっては高嶺の花なので……てっきり誰か決まっている人がいるのかと思ってました」

「見え透いた嘘言わないでください……っ」

克己の言葉に、立夏は珍しくカッとした。仕事ができるなんて、この男に言われたら嫌味にしか聞こえない。それに高嶺の花なんて、モテる男に形容されたところで嘘くさく思える。克己にそのつもりはなくとも、今のやさぐれた気持ちでは素直に聞き入れられなかった。

「……そういうお世辞は、いらないですから。仕事ができる人間なら、もっと結果を残せています。それに……わたしは高嶺の花どころか、朽ちて枯れてますし」

「渡辺さん、余計なお世話かもしれませんが、そういう自虐は止めたほうがいいです。それとも、俺の言ってること信じてないんですか？」

「信じられません」

にべもなく答えた立夏に、克己は口角を上げた。

「それなら、信じさせましょうか？　そうですね、まず……貴女が魅力的だって言ったのは本当ですよ」

　立夏の腕を引いた克己は、彼女の身体を壁に押し付けると、まるで逃すまいとするかのように顔の脇に肘をついた。先ほど距離を取ったはずがあっという間に縮められてしまい、立夏は驚いて目の前の男を見上げる。

「北條課長、あの」

「恋がしたいなら、俺としませんか？」

（恋……って、課長とわたしが……？）

　克己から告げられた言葉は、にわかに信じられないものだった。彼から香るシプレ系の香りに距離の近さを意識しながら、小さく呟く。

「冗談、でしょう？」

　立夏の出した結論に、克己は不服そうに眉をひそめた。

「お世辞の次は、冗談ですか。報われないですね、俺。……でも本気なんですよ。冗談で迫るような男だと思っているなら、その認識を改めてもらわないといけませんね」

「ん……っ」

　次の瞬間、立夏は抵抗する間もなく唇を塞がれていた。

　咄嗟に突き飛ばそうとしたものの、その手をつかまれて頭上でまとめ上げられる。動かそうにもビクともせずに、ただ彼のキスを受け止めるしかできない。

　克己のキスは、こういう行為に慣れていない立夏でもそうと感じるほど巧みだった。唇の隙間から差し入れられた舌が自身のそれに絡められ、ぬるぬると擦り合わせられる。逃げようとするのを許さずに口腔を這いまわる舌は強引で、温厚で柔和に見えた男のキスとはとても思えない。

舌を絡ませられていくうちに、唾液が流れ込んでくる。こくりと飲み込むと、体内が熱く火照る気がした。

「やっぱり可愛いですね、渡辺さん」

ようやく唇を解放した克己は、自身の唇を舌で舐めた。そんな仕草にさえうろたえながら、立夏はようやく彼の胸を押し返す。

「……何、するんですか……っ」

「貴女が俺の言葉を信じてくれるように、行動に起こしただけです。ほら……キスだけで表情を乱して俺を見る貴女は、とても魅力的ですよ」

余裕めいた口調で告げられて、悔しさがこみ上げてくる。上司とはいえ、年下の男にいいように翻弄されるなんて腹立たしい。

酔っている頭で考えたのは、目の前の男を動揺させたいという妙な対抗心だった。

「……だったら、わたしとできますか？」

立夏は酔いと勢いに任せて、挑発的に克己を見上げた。通常ならば、こんなこと絶対に言えない。完全に平常心を失っているのは自覚のうえだが、許容量限界までのアルコールと、憧れていた上司の結婚式に出席したことで増幅された感傷が立夏を大胆にしている。

仕事も順調で、容姿も整っている男からのお世辞を受け流せるような余裕がない。バカげた対抗心からの、単なる意趣返しだ。

だが――。

「何を、なんて野暮なこと聞きませんよ？　俺」

克己は、立夏の予想を上回る回答をした。呆気に取られて二の句が継げずにいると、克己はやけに楽しそうに目を細めた。

「二次会、抜けましょうか。――逃がしませんよ、立夏さん」

――その後。克己の行動は素早かった。

立夏の具合が悪いから送ると言ってレストランを抜け出した彼は、そのままタクシーをつかまえて乗り込むと、運転手にラグジュアリーホテルの名前を告げた。

自分から言い出したこととはいえ、あまりの急展開に思考が追い付かない。

混乱しているうちに、タクシーがホテルに着いた。手際よくチェックインを済ませた克己は、立夏をホテルの一室にエスコートした。

高層階に位置する部屋からは夜景が見渡せる。調度品も上品で、ただ宿泊に訪れたのであれば部屋の雰囲気を存分に楽しんだことだろう。

しかし残念なことに、雰囲気を楽しむどころか、立夏はドア付近で硬直している。

（このままだと、わたし……本当にこの人と……）

窓の近くにあるダブルベッドを見て、急に現実に引き戻されていく。勢いのまま「わたしとできますか？」などと誘うようなことを言ってしまったが、まさか彼が本気でホテルに来るなんて思っていなかった。

それに、台詞だけ聞けば大層手慣れた印象を与えてしまったかもしれない。けれども立夏は、慣れているどころか二十九歳まで性体験がない。大学時代の彼氏とはキスどまり——正真正銘の処女である。

立夏はすでに後悔を覚えながら、おずおずと克己に問いかけた。

「あの……今さらですが、幹事が抜けて大丈夫だったんですか？」

「ええ。他の幹事に任せたから大丈夫ですよ。それにもともと、俺の役目は二次会までです。新郎新婦にも筋は通してますから」

そう言って抜け目なく笑ってみせた克己は、「シャワー浴びますか？　それともこのましても？」と言いながら、首元からネクタイを引き抜いた。上着を脱いで髪をかき上げる仕草はどこか気だるげで、色気を感じさせる。

「課長、すみません。わたし、その……こういうことは、不慣れなんです。だから……」

暗に〝処女〟だと匂わせて、この先に待ち構える行為を止めようとする。見目のいい男だし、遊び相手にも不自由はしていないと見ていい。好き好んで年上で処女の相手などする必要はないだろう。

察しのいい男だから、立夏の言わんとしていることは理解するはずだ。しかし、またしても克己は、立夏の想像を超えた返答をしてみせた。

「不慣れなら、慣れればいいだけです。俺が、慣らしてあげますよ」

「あっ……」

克己は立夏の腕を引くと、ベッドの上に押し倒した。

「貴女が嫌なら今日は抱きません。ただ、俺の言葉を信じるつもりがあるなら、少しだけ触れさせてください」

懇願するように言われた立夏は、戸惑いを深くして彼を見上げる。

北條克己といえば、飛ぶ鳥を落とす勢いで昇進したエリート。それに加えて眉目秀麗であることから、女子社員注目の的である。今日の結婚式でも、招待客の女性から熱視線を浴びているのを目にしている。

自分のような女に声をかけずとも、彼がその気になれば、若くて可愛らしい女性が列をなして彼女に立候補するだろう。

それなのに克己は、なぜか立夏を魅力的な女性だと言って、自身の言葉を信じさせようとしている。

彼がどうしてそこまで自分に興味を持っているのか、正直わからない。でも、長らく恋から遠ざかっていた立夏にとって、魅力的な男性から求められることは嬉しかった。

「……触れるだけ、なら」

気づけば熱に浮かされたように彼に告げていた。すると克己は微笑み、立夏の身体を引き起こす。

「ドレス、皺(しわ)になっちゃうので脱ぎましょうか」

「そう……ですね」

どこまでも克己のペースだと思いながら、立夏は後ろを向いてボレロを脱いだ。オフショルダーのワンピースのため肩が無防備になり、なんだか恥ずかしくなってくる。

克己はそれを見計らっていたかのように、ドレスのファスナーを引き下ろした。まとめていた立夏の髪を解きながら、露わになった首筋に唇を押し付ける。

「綺麗な髪ですね。それに、肌も」

「あ、ん……っ」

肌を軽く吸われて、鼻にかかった甘ったるい声が出てしまった。普段まず自分が出すことがない媚びた声に羞恥を覚え、耳まで赤くなっていく。身体から力が抜けて背後の克己にもたれかかると、彼は耳にふっと吐息を吹きかけた。

「立夏さん、腰を上げて。ドレス脱がないと、先ができませんよ？」

促されて少し腰を上げると、すかさずドレスを脱がされる。手際の良さに感心している間に、彼はストラップレスのブラのカップを引き下げた。立夏の胸のふくらみに両手で触れ、ゆったりとした仕草で揉み込んでいく。

「あ……んっ」

「やわらかいですね。それに、綺麗な肌です。俺の手に吸い付いてくる」

　克己の長い指が自分の胸に食い込む様は淫らで、視覚的にも興奮を煽られる。初めて覚える甘く痺れたような感覚に、思わず喉を反らせた。

「やっ……あぁっ」

「気持ちいいですか？　立夏さんのいい場所、教えてください」

　彼はいつの間にか、〝立夏さん〟と名前で呼んでいる。まるで恋人を甘やかすような声で名前を呼ばれ、ドキドキと胸が高鳴ってしまう。

　しばらく感触を愉しむように手のひらで胸を揉んでいた克己は、不意に両胸の先端を指先で摘まんだ。

「んっ、あぁっ……！」

　先端を指先で扱かれてひと際大きく喘いだ立夏は、咄嗟に口を塞ごうとする。しかしその前に、彼が先ほどより強く先端を摘まんだ。こよりを縒る手つきで頂きを捻り上げられて、疼痛を堪えるように手のひらを握りしめた。

「やぁ……っ、課ちょ……ぅっ」

「こういうとき、役職は無粋ですよ？　克己、って呼んでください。あと、口を塞ぐのは禁止です。立夏さんの可愛い声が聞けないでしょ」

「そんな……あぁっ、ん！」

　張りつめた胸の頂きを容赦なく扱かれたことで呼吸は乱れ、甘い疼きが下腹に溜まっていく。彼の手によって双丘の先端が凝ってくると同時に、足の間がしっとりと濡れていくのを感じ、蜜を押し留めるように両足を閉じたものの、それでも体内から零れた蜜がショーツを濡らしていた。

（こんなこと、ダメなのに……どうしてわたし……）

困惑する暇もなく、欲望の証が隘路を伝って落ちてくる。彼に触れられて、心地いいのだ。自覚した立夏は、己の淫らさに恥じ入った。自分の身体が自分のものじゃないみたいで怖いのに、恐怖心を上回る快感に支配されそうだ。

こんな状態は初めてだった。淫らな姿を上司にさらして快感を与えられているのだと思うと、背徳的な気分になった。

「もう……充分、触りましたよ、ね……？」

立夏が首だけを振り向かせてそう言うと、克己は笑顔で否定する。

「まさか。まだ全然足りませんよ。ほら、立夏さん……足開いて。さっきからずっと、我慢してましたよね」

身体が疼いているのを言い当てられた立夏は、恥ずかしさでパッと顔を逸らした。

たとえ感じていたとしても、素直にそうと言えるはずはない。言わずとも分かっているくせに、どうしてあえて辱めようとするのか。

抗議するように彼から逃れようとすると、克己は立夏の耳朶を甘噛みした。

「ひゃ……ぁっ……何す……っ、んっ」

耳朶に軽く歯を立てられて、立夏の身体から力が失われる。それを克己が見逃すはずもなく、彼は片手で胸を弄ったまま、するりとショーツのクロッチに指を這わせた。

「やっ、はぁ……ぁっ」

薄い布地越しに指で蜜口を圧迫されて、ぬちゅりといやらしい水音が漏れ聞こえる。これまで与えられた刺激によってショーツはすでに穿いている意味をなさず、ただ蜜を含ませるだけの布に成り下がっていた。

「感じてくれてるんですね、嬉しいです。でも、濡れちゃってますから脱いじゃいましょうか」

彼の手がショーツの前から差し入れられ、引き下げようとする。立夏はその動きを助けるように、腰を浮かしてしまった。それは無意識の行動だったが、まるで身体が克己を受け入れたがっているかのような行動だ。ハッとして腰を下ろしたものの、一瞬早くショーツを膝まで引き下げられる。

「協力的ですね、立夏さん。俺にいじられるの好きみたいですね」

「ち、違……っ」

「違いませんよ、ほら……いやらしく糸が引いてますよ」

彼の指摘どおりに、溢れた雫が蜜口とショーツの間に透明な糸を引いている。見ていられなくて目を閉じたとき、彼が直接割れ目に指を添わせた。

「協力してくれたお礼に、いっぱい気持ちよくしてあげますよ」

背後から含んだ笑みでそう言った克己は、花弁の中に指を沈ませた。たまらずに立夏は目を見開くと、駄々をこねる子どもめいた仕草でいやいやと首を振る。

「あっ、んっ……やだ……ぁっ」

「なんでです？　こんなに感じてくれているのに」

立夏の欲を煽るように、克己が花弁を撫で擦る。そんな場所を自分はおろか他人になど触られたことがない立夏は、ただ狼狽えて腰を揺らした。そのたびに蜜窟が収縮し、淫悦が増していく。恥ずかしい。そう思うことすら快感を得る手段となっている。

「やっ、やめ……っ、恥ずかし……っ」

「どうしてです？　俺は嬉しいですよ。立夏さんが感じてくれるのも、恥ずかしがるのも……オフィスでは見られなかった姿ですからね」

蜜口から零れたいやらしい蜜をすくい取ると、彼は立夏の目の前にそれを突きつけた。男にしては細く長い指先は、立夏の蜜に塗れて濡れている。恋人でもない男に触れられて感じている浅ましい女だと指摘されたようで、いたたまれなかった。

ぎゅっと目をつむって直視を避けたとき、克己の指がふたたび花弁をかき分け、赤く膨れた花芽を摘まんだ。その瞬間、視界が歪むほど強い快感が立夏を襲う。

「ふっ、あっ……やぁ……んっ！」

優しい手つきで撫でられているのに、信じられないほど強烈な悦に打たれる。体内がぐずぐずに溶けていき、ただ女の悦びを追いかけていく。

克己は花芽だけではなく、立夏の両胸の頂きを片手で愛撫した。指の腹で撫でたかと思えば爪で弾かれて、彼の動きに呼応するように硬く尖ってしまう。克己の攻めは的確で、性的に未熟な立夏では太刀打ちできそうになかった。

「あっ、んっ……も……やぁ……っ」

唇から発する声は、まったく意味を成していない。頭の奥が痺れて思考もままならないのに、感覚だけは鋭くなっている。敏感な肉粒に蜜を塗して撫で擦られて、喘ぎながら腰を引く。すると、腰骨のあたりに硬く強張った感触がした。

（あ……）

それが克己の欲望だと気付いて肩を震わせたとき、立夏の秘部をまさぐっていた彼の手が止まった。

「……わかりますか？　立夏さんに触れて、俺も興奮してるんですよ。想像以上に貴女が魅力的だから、気を抜くと暴走して止まれなくなるかも」

熱い吐息が耳朶をくすぐる。欲情を隠そうともしないささやきに鼓動が跳ねたとき、克己が熱く潤んだ蜜口に中指をあてがった。

「本当は、ここに挿れて……めちゃめちゃに立夏さんを乱したい」

「んっ、あぁっ……！」

ためらいなく蜜口に指を挿入された立夏は、その異物感にひどく戸惑った。けれども、何物も受け入れたことのないはずの蜜窟は、それまでの愛撫で潤っているため抵抗なく指を受け入れていた。それどころか、待ち望んでいたかのように蜜路が窄まっている。

「ワインを飲んでいたせいかな？　立夏さんの中、すごく熱いですね。それに、指に吸い付いてくる」

「そんな……言わないで、いいです……から……ぁっ」

克己に指摘されたことで羞恥を感じた立夏は、身体を揺すって逃げようとする。しかしその動きは、いっそう深く彼の指を咥えこむことになった。

抜き差しされるたびにくちゅくちゅと淫らな水音が耳朶を打ち、耳を塞いでしまいたくなる。けれども意思に反して体内はいやらしく蠢いて、内壁はねだるように男の指に絡みついている。奥底からとめどなく溢れてくる蜜は、快感を得ていることの証だった。

「あっ、はぁっ、んっ、それ以上……は……ぁっ」

「いいですよ、イってください。立夏さんのイキ顔、見たいです」

克己は少しかすれた声でそう言うと、立夏の耳たぶを舐めた。今まで自覚はなかったが、そこは立夏の性感帯らしく、ざらついた舌で舐められるだけで内壁がうねってしまう。耳たぶを舐められながら左手で胸をもてあそばれ、右手で蜜窟をかき混ぜられた立夏は、怯えてしまうほど強烈な悦びを味わった。

「そろそろですね。ほら……イって、立夏さん」

甘く淫らな命令は、ますます愉悦を深めることとなった。内壁を押し擦られると花芽が疼き、全身が炙られているのではないかと思うほど熱く昂っていく。我慢することもでき

なくて、立夏は初めて快感の極みへと昇り詰めた。

「あんっ、あ……ああああ……っ――」

四肢が痙攣し、体内で克己の指を締め付ける。目の前がかすんで意識が薄らいでいる立夏の耳にキスを落とした克己は、優しく告げた。

「可愛い顔見せてもらいました。大好きですよ、立夏さん」

克己の声を聞いたのを最後に、立夏はそのまま意識を手放した。


（……身体、なんでこんなに重いんだろ……）

ふと目を開けると、見慣れない景色が目に映る。立夏は寝起きのぼんやりとした頭で状況を把握するべく、倦怠感のある身体を起こそうとした。

しかし、なぜか自分が裸で寝ていたことに気付き、困惑して声を上げる。

「え……えっ？」

立夏はブラもショーツも身に着けておらず、真っ裸でベッドに寝ていた。混乱しているところに、背後から伸びてきた腕にグッと身体を引き寄せられる。

「おはようございます、立夏さん」

「……っ」

克己の声が耳朶をかすめた瞬間、昨夜の痴態がまざまざと蘇ってくる。立夏はどうしていいかわからずに、ただ身体を縮こまらせた。

（わたし、いったい何やってるの……⁉）

確かに、憧れの上司たちの結婚式で少々やさぐれていた。自分自身の未来への希望が持てずに、許容量を超えたアルコールを飲んだのも事実だ。

しかしそれらの状況は、この年下の上司と淫らな行為に及んだ言い訳にはならない。

「……おはようございます、課長。あの、離していただけませんか？　ひとまず服を着たいんですが……」

「つれないですね。昨日はあんなに可愛らしく俺に応えてくれていたのに」

つう、っと彼の指先が意味ありげに肌の上をすべる。昨夜の淫らな熱を呼び起こすようなその動きに、立夏は彼の腕の中で首を振った。

「課長……っ、やめてください」

「そうですね。立夏さんも、シャワーを浴びたいでしょうし、悪戯はまた今度にします」

克己はあっさりと腕を離すと、ベッドから起き上がった。窓から射し込む陽の光が、ボクサーパンツ一枚だけの姿の彼を照らし出す。男の身体は程よい筋肉をまとって引き締まっていて、つい見入ってしまった。

「立夏さん？」

「……すみません。シャワーを先に使わせていただきます」

「ドレスは、クローゼットの中にかけてあります。下着はそこに」

指し示された椅子の上には、きちんとブラとショーツがたたまれている。

「あ……ありがとうございます」

立夏は羞恥を堪えてそれだけを告げた。そしてシーツを体に巻き付けると、急いでドレスと下着を持ち、逃げ込むようにバスルームに入った。

(何？　なんなのこの状況……！)

シャワーを浴びている間中、立夏は混乱を極めていた。熱い湯を頭から浴びるとだんだん冷静になってきて、昨日からの自分の言動を考えると消えてしまいたくなってくる。

克己の手によって快感に達し、そのまま眠ってしまった。その後、わざわざ克己はドレスをハンガーにかけてクローゼットにしまい、下着をたたんでくれたのだ。

考えれば考えるほど、ありえない状況だ。頭痛のする思いだったが、立夏は早々にシャワーを済ませると、手早く身支度を整えた。

(まずは、昨日の謝罪と……それから……)

ぐるぐると考えながらバスルームから出ると、すでに着替えを終えた克己が窓際にある椅子に腰を下ろしていた。

「立夏さん、早かったですね」

「は、い。課長も、シャワーを……」

「俺は寝る前に浴びたのでいいです。それよりも、ルームサービスを頼んでおいたんです。朝食にしましょう」

立夏がシャワーを浴びている間に手配したのだろう。テーブルには、クロワッサンとサラダにコーヒー、それにフルーツなどが置かれている。

至れり尽くせりである。ここまで面倒を見てくれた申し訳なさで、立夏はおずおずと彼に近づくと頭を下げた。

「申し訳ありません、課長。昨日は酔っていたとはいえ、その……大変なご迷惑をおかけしました」

「迷惑、ね……まさかそれ、本気で言ってます？　だったらもう一度、俺の気持ちを言い聞かせましょうか？　……貴女の身体に」

低い声で告げられて顔を上げると、眉根をひそめた彼と目が合った。

「とりあえず、座ってください。話は食べながらでもできますし」

「……はい」

とにかく今の立夏は、克己の言うとおりにするしかない。謝罪して、昨夜の痴態を忘れてもらおう。そして、願わくば職場では何事もなかったように振る舞ってほしい。

自分勝手な願いだと思いつつ、コーヒーに口をつける。さすがにラグジュアリーホテルはいい豆を使っているようで、香りも味も申し分ない。だが、立夏は残念なことに朝食を楽しむ余裕はなかった。

「……課長。大変申し訳ありませんでした」

朝食を食べ終えると、もう一度頭を下げる。克己は肩をすくめて腰を上げると、立夏の前に立った。

「謝罪はさっき聞きました。でも、俺は謝罪されるようなことはされてませんよ」

「ですが……世話をしていただきましたので。みっともないところをお見せして、申し訳なく思っているんです。その、できれば忘れていただければと……」

「お断りします。なかったことにはさせませんよ」

はっきりと言い切ると、彼は立夏の前に跪いた。

「立夏さん、好きです。俺と付き合ってください」

「え……っ」

唐突な告白に、立夏は驚いて言葉が継げなかった。けれども内心の動揺とは裏腹に、表情はわずかに眉が上がった程度である。しかし、克己は動揺を見透かしたかのように、たたみかけてくる。

「貴女は昨日俺に、寂しくなったと言ってました。だから、俺と恋をしましょうって言ったんですが。覚えてます？」

「……はい。それは覚えています」

「酔っていて記憶がなくなったわけではないようですね。それなら、なおさらです。俺は、貴女が好きだから、キスをしました。たとえ立夏さんが酔った勢いで誘うようなことを言ったんだとしても……嬉しかったんですよ、俺は」

克己はスッと手を伸ばすと、立夏の頬に指で触れる。

「立夏さんに恋人がいないのは、俺にとって幸運でした。ああ、もちろん俺も恋人はいません。だから、付き合っても問題ありませんよね」

「それとこれとは、話が別です……」

「難しく考える必要はないですよ。俺は貴女が好きで、貴女は……俺に触れられても、嫌じゃない。それで充分じゃありませんか？」

　克己の主張には、うなずくことができない。自分とは違い、表情豊かに周囲と協調する男。しかも仕事でも結果を出している克己に、こっそり対抗心と嫉妬心を持っていた。そんな男と付き合うなんて、簡単に承諾できない。

　だが、酔った勢いとはいえ、この男を挑発し、触れることを許したのも事実である。

　立夏が答えられずにいると、克己は頬から指を外した。そしてその手で立夏の手を持ち上げると、手の甲に口づけを落とす。

「課長……っ、何、を」

「挨拶です。いや、宣戦布告かな。寂しさなんて感じる暇がないほど、貴女の心を俺で埋め尽くしてみせます。……まずは男として俺を意識させるところから始めますから、覚悟してくださいね」

　口角を上げた克己に、思わず見惚れてしまった。気障な仕草でも、彼がすると様になっている。自分を女として見ている男の視線は、肌が熱を持ってしまうほどの破壊力があり、動揺を誘うに充分だった。

時間にしてほんの数秒の後、克己は立夏から離れた。そして、背もたれにかけてあった上着を羽織ると、荷物をまとめ始める。

「返事は急ぎません。でも俺は引くつもりはないので、これからガンガン攻めますから。立夏さんもそのつもりでいてください」

そう宣言する克己の表情は、質の悪さを感じさせるものだった。

（本気……なの？）

手の甲に口づけられた感触が、まだ残っている。手の甲から全身に熱が巡っていくような気がして、立夏は混乱を極めてただ呆然としていた。

2章「これは上司命令です」

週が明けて月曜。駅の改札を出た立夏は、オフィスまでの道を歩きながらため息をついた。

上司である北條克己に告白されたことで、日曜はずっと彼のことを考える羽目になってしまったためだ。

（まさか、課長があんなことを言うなんて……どういうつもりなんだろう）

何度も頭の中で繰り返した問いだった。だが、いっこうに納得できる答えは見つからない。

これまで克己とはただの同僚——上司と部下としての関係でしかない。女性として好意を持たれるような言動はしていなかったと思うし、立夏もまた彼を異性として意識したことはなかった。

むしろ、絵に描いたような順風満帆な人生を送っている彼に、わずかな嫉妬と苦手意識を抱いている。もっともそれは、立夏の個人的事情であり、克己自身に関係はないのだが。

（とにかく、意識しないようにするしかない。うん……考えるのはもうやめよう）

それよりも問題なのは、上司とホテルに行ってしまったことである。一線を越えていないとはいえ、それまでほとんど関わりのなかった男に触れられて達してしまった。正直、オフィスでどんな顔で会えばいいのかわからない。

いい大人なのだし、職場で気まずくなりたくない。いや、もしかして意識しているのは自分だけということもあり得る。

表情豊かに他者と接する彼は、自分とは正反対。しかも、入社してほんの数年で結果を出したエリートである。そんな男が、本気で自分を相手にするはずがないではないか。

考えるのはやめようと思ったはずが、彼に思考を奪われている。自嘲した立夏が、今度こそ意識を切り替えようとしたときだった。

「渡辺さん、おはようございます」

背後から声をかけられて振り返ると、そこにいたのは、現在立夏の頭の中を占める人物――北條克己その人である。

彼はホテルで立夏を翻弄した人物とは思えないほど、爽やかな笑みを浮かべていた。

「おはようございます、課長」

動揺を胸に押し込むと、短く挨拶を口にする。感情が顔に現れないことは幸いだった。もし普通の可愛げのある女性だったならば、いろいろ恥ずかしいことをされた相手を前に、赤く頬を染めていたかもしれない。

（……意識しない、意識しない。余計なことを考えていたら、仕事にも影響しちゃう）

心の中で何度も繰り返すと、オフィスに向かって足を進める。けれども克己は、そんな立夏の心中にお構いないで、さり気なく顔をのぞき込んでくる。

「今日のランチ、一緒に食べませんか？」

「ランチ……ということは、何かミーティングですか？」

「そうですね。大事なミーティングです」

（課長とは、仕事の接点があまりないから安心していたのに……）

克己は去年より、小野田製菓創立五十周年記念事業に携わっている。課長に昇進するよりも前から社を挙げての記念事業プロジェクトチームに入っている彼とは、同じ部署とはいえ仕事上の関わりは持っていない。そのため、ランチミーティングと言われても不思議なのだ。

「もし都合が悪ければ、別の日でも構いませんが」

「いえ、大丈夫です」

仕事のことだと言われれば、断るわけにはいかない。それに直接仕事の関わりがなくとも、何か別の案件で話があるのかもしれない。

（そうだ。意識し過ぎているから、仕事の話なのに変に勘ぐっちゃうんだよね）

克己はまったくと言っていいほど、態度が変わっていない。年下である彼のほうが、自分よりもよっぽど大人ではないか。

「では、ランチ楽しみにしていますね」

眩しいほどの笑みを浮かべて克己が言う。

彼の態度にますます自分の至らなさを自覚し、立夏は激しい自己嫌悪に陥りつつその日の午前中を過ごす羽目になった。


ランチタイムになっておもむろに立夏が席を立つと、商品開発課の入り口で他の課の女子社員に囲まれている克己を発見した。

（……やっぱりモテてるじゃない）

じつは、こういった場面はよく目にする。克己はその容姿から、入社当初よりちょっとした有名人だった。ランチの時間になれば女子社員から同席を求められ、退社時間には飲みに誘われている。男性社員らは最初やっかんでいたが、それもわずかの間のことだった。

克己は入社三年目で自身の企画した商品をヒットさせ、翌年には昇進した。年功序列制ではなく、完全実力制度の小野田製菓において評価されたことで、彼をやっかんでいた男性は口をつぐみ、女子社員たちからはますます人気が出ることになった。

（そんな人に告白されたんだから、普通なら喜んでいいのかもしれないけど……）

立夏はこと恋愛については、ほぼ初心者といっていい。何せ大学時代にいた彼氏を最後に、何年も恋人がいないからだ。まなみの結婚式で必要以上に感傷的になってしまったのも、そういう自分の境遇が情けなかったというのもあるのだ。

（涙ぐんでしまったのは、本当に失態だった）

心の中で反省していると、女子社員に囲まれていた克己が立夏の視線に気付き、片手を挙げて笑みを浮かべる。

「渡辺さん、ランチもう行けますか？」

「はい、大丈夫です」

立夏が答えると、克己を取り囲んでいた女子社員らが怪訝な顔でこちらを見ている。すかさず克己は、「ランチミーティングがあるので失礼します」と、にこやかに彼女たちに告げて立夏を促した。

「すみません、お待たせして。行きましょうか」

この手の対応に慣れているのか、克己は角が立たないよう女子社員たちをあしらい、なおかつ立夏が嫉妬の対象とされないように計らっている。克己にそのつもりはないかもしれないが、こういった気遣いができるから彼はモテるのだ。

（まあ、わたしが相手なら、彼女たちの嫉妬の対象ではないだろうけどね）

常に人の輪の中心にいる克己には、立夏のような年上で可愛げのない女よりも、もっと若くて素直な女性こそが相応しい。

そんなことを思いながら、女子社員の脇をすり抜けて克己と廊下に出ると、ちょうど来たエレベーターに乗り込む。すると、克己は迷わずに一階を押した。てっきり上階にある社員食堂に行くと思っていた立夏は、不思議に思って彼を見上げる。

「外に行くんですか？」

「ええ。社員食堂でもいいんですが、ゆっくり話ができないと思いまして」

それほど込み入った話なのだろうか。ならば、相応の心構えで臨まなければならない。

気を引き締めると、克己の後に続いた立夏だったのだが——。


（……いったいいつになったら、ミーティングが始まるんだろう）

連れられてきたオフィス近くのパスタ屋で、立夏は困惑していた。それというのも、ランチを頼んで運ばれてくる間も後も、克己がいっこうに仕事の話を口にしないためである。

「ここのパスタは、本場の味が楽しめて美味いって評判で、一度来たいと思っていたんです。なかなか機会がなくて来られなかったんですが、渡辺さんと来られてよかった。好きな人とする食事は美味しいですね」

なんとも答え難い感想である。同意を求められてはいないのだが、こうも明け透けに好意を前面に押し出されると非常に恥ずかしい。

店に入ってからというもの、克己は常にこの調子で……その結果、立夏は心中でおおいに羞恥を味わい、運ばれてきたパスタを逃げ道にして黙々と食している。

「渡辺さんは、好き嫌いってありますか？」

「いえ……特にありませんが……それが何か？」

「それなら今度は、オーガニックレストランに一緒に行きませんか？　知人が経営している店なんですが、来いって誘われてるんです」

　克己が口にしたレストランの名前は、今女性に人気だと評判のオーガニック専門店だった。有機野菜をふんだんに使ったメニューをはじめ、ハーブティが種類豊富に揃っていて、デトックスやダイエット効果が期待できるらしい。女性心をくすぐるレストランだと、情報番組で紹介されていた。

「そのお店なら、知っています。一度行きたいと思っていたんですが、なかなか予約が取れないって……」

「それなら問題ありませんよ。事前に渡辺さんが都合のつく日を教えてもらえれば、俺が予約をしておきますから」

　にっこり微笑んだ克己に頷きかけて、立夏は慌てて首を振った。

「あの、今はこういう話じゃなくて……仕事の話はどうしたんですか？」

　いっさい仕事の話はないまま、気づけば互いに完食していた。このままでは、ただ単にランチを一緒にしただけである。

「仕事の話なんてありませんよ。ただ俺が貴女とランチを食べたかっただけです」

「でも、課長は大事なミーティングだって……」

「大事ですよ。次のデートに誘うためのミーティングですから」

　克己は飄々と言ってのけると、意味ありげに自らの手の甲に唇を寄せた。まるで昨日、立夏にしたことの再現のような仕草を目の当たりにして、声が出せない。

効果的に立夏の文句を封じた克己は、さらに続ける。

「言ったでしょう？　まずは男として俺を意識させるところから始めます、って。だから、ふたりきりで過ごす時間を持ちたいと思って。ただ普通に誘っても、渡辺さんには断られそうですしね」

「……仕事じゃないなら、誘われても困ります」

どうやらこの男は、立夏に断られることを見越していたから、あえて仕事をダシに今日のランチを誘ったようである。

まったく悪びれずに語る克己に、立夏は珍しく感情を表に出した。険のこもった声と眉間に寄ったシワは、通常表情を崩さない彼女だからこそ、率直な怒りが相手に伝わる。

「北條課長は、強引ですね。仕事をダシにランチに誘うなんて、上司の行動として褒められたものではありませんし、下手をすればパワハラになりかねませんよ。……今までも、こんな風に誰かを誘っていたんですか？」

「まさか、違いますよ。渡辺さんにだけです。多少、卑怯な手段だったことは謝ります。ですが、貴女は、ガードが固いので……少しくらい強引な手段を取らないと、近づけない。誰彼構わず迫っているわけじゃないことだけは、信じてください。それと、貴女に告白したこともです」

意外なほど真剣な声音で告げられた立夏は、怒りの行き場を失わせた。確かに克己の手段は強引だが、彼の告白を信じられないことも事実である。

いくら好かれる理由がわからないとはいえ、端から信じていなかったというのも失礼な話だ。立夏が自分の告白を信じていないことをわかっているから、克己も強引な手段に出たのかもしれない。

「……すみませんでした。課長のお気持ちはありがたいんですが、その……こういうことは、慣れていないんです。ですから、申し訳ないんですが……」

真剣な想いには、こちらも真剣に答えなければならない。そう思った立夏は、色恋に慣れないなりに精いっぱいの誠意をもって、克己の告白を断ろうとした。

だが――。

「渡辺さんは泣き顔も可愛いですが、困っている顔も怒っている顔も可愛いですね」

「は……？」

予想外の反応をされて間抜けな声を出す。今の会話のどこをどう取れば、〝可愛い〟などという感想に行きつくのか。

「もっと、貴女のいろいろな顔を見たいって言ってるんですよ」

呆気に取られている立夏に微笑むと、克己は伝票を持って立ち上がった。会計を済ませようとする彼の後を慌てて追って財布を出すと、克己はそれには取り合わずに外に出てしまう。

「課長、待ってください！　自分のランチ代は払います」

「俺が誘ったので、俺が出すのが筋ですよ」

「でも……」

なおも食い下がろうとする立夏に、克己はニヤリと笑った。そして手首を引いて距離を詰めると、耳もとで囁く。

「では、ランチを驕る代わりに、さっき言ってたオーガニックの店に付き合ってください。それならいいでしょう?」

「お店に、って……」

ここでランチ代を払ったほうが何倍も気楽なのに、克己はそうさせてくれなかった。立夏が断れないよう逃げ道を塞いでいるようだ。

「……課長なら、わたしじゃなくても、誘われたい女の子がたくさんいるじゃありませんか」

「他の女性なんて関係ありませんよ。俺は貴女が好きだから、誘いたい。それだけです」

克己は立夏の腕を離すと、「後で予定を教えてくださいね」と念押しして、ふたたび足を進めた。

(女子社員に人気のエリートが、どうしてわたしなんかを好きだなんて言うの……?)

なんの予備知識なしに見れば、北條克己という人物は素敵な男性だ。けれども、そんな素敵な男性だからこそ、好きだと言われても簡単に受け入れることができない。それは、克己を信じられないというよりも、立夏自身の問題だ。

せめてもう少しこういった恋愛事に慣れていれば、これほど動揺せずに済んだだろう。でもそれは、言っても詮無いことである。

立夏は颯爽と前を歩く克己の背中を見ながら肩を落とすと、オフィスへ戻った。

その日。定時を少し超えた時間に会社を出た立夏は、突然背後から肩をつかまれた。

驚いて振り仰ぐと、肩で息をしている克己が立っている。

「渡辺さん。駅まで一緒に行きませんか？」

立夏の姿を見て慌てて追ってきたのか、彼の呼吸は乱れている。立夏がうなずくと、克己は嬉しそうに目を細めた。

「立夏さんの予定、まだ聞いてませんでしたしね。約束を取り付けておこうと思ったんです」

あれは約束ではなく、強制というのではないだろうか。それに、会社を出た途端、名前で呼ぶなんて、もし他の社員に聞かれたらどうするつもりなのか。

（この人、自分が注目の的だって自覚が足りないんじゃないの？）

そう言いたいのを飲み込んだ立夏は、額の汗を腕で拭っている彼にハンカチを差し出した。陽が沈んでいるとはいえ、梅雨時の夜である。さすがに息を乱すほど全力で駆けてくれば、汗だくになるだろう。

「どうぞ、使ってください」

「ありがとうございます。優しいですね、立夏さん」

「普通です。これくらい」

「立夏さんが普通にしていることが、俺には嬉しいんですよ。ハンカチ、クリーニングしてお返しします。それとも、新しいのをプレゼントしたほうがいいかな」

「わざわざそんな……クリーニングも新しいものも必要ありません」

「それなら、新品をプレゼントしようかな。自分の選んだ品物を立夏さんが持ってくれるって考えると、たまらないですね」

立夏が固辞しているというのに、彼はまったく気にしていない。それどころか、新品を買う気満々で笑みを深めるものだから困ってしまう。強引な男かと思ったら、たかがハンカチを貸したくらいで喜ぶとは大層なギャップである。

だから、現在忙しなく鼓動を刻んでいるのは彼が見せたギャップのせいであり、決して嬉しそうにハンカチを持っている姿に対してじゃない。

（そう、ただそれだけ。それだけなんだから……）

「――……立夏さん、前っ」

「えっ……？」

まったく話が耳に入っていなかった立夏がハッとしたとき、克己に腕を引かれる。

「信号が赤ですよ。どうしたんです？　ぼんやりして」

「すみません……」

　思考に入り込んでいたせいで、赤信号に気付かなかったようだ。

　克己は立夏から腕を離すと、その手で立夏の鼻の頭を軽く摘まんだ。

「課長、ちょっ……」

「俺の話をちゃんと聞いていなかったことと、心配させたことのお仕置きです。まったく、目が離せない人ですね」

「……普段は、こんなぼんやりしないですから」

　そう言うと、克己が立夏の鼻から指を離した。その手を今度は立夏の背に添えると、青信号になった横断歩道を歩くよう促される。

「俺の前でぼんやりしていると、立夏さんの都合を考えずに予定決めちゃいますよ？」

「それは困ります」

「だったら、予定を教えてください。ああ、そうだ。俺としたことが、まだ連絡先も聞いていませんでしたね。教えてもらってもいいですか？」

　駅までの道を並んで歩きながら、克己はいやに威圧感のある笑顔を向けてきた。断ることを許さないとでも言うような無言の圧力を感じ、立夏の頬がわずかに引き攣る。

「立夏さん、ほら、早く」

　スーツのポケットから携帯を取り出すと、急かすように克己が言う。勢いに押された立夏がバッグの中から携帯を手に取ると、すかさず彼が受信態勢の携帯画面を見せて笑った。

（押しが強い……オフィスとプライベートの態度が違い過ぎる……！）

心の中で叫んだが、克己に届くはずはない。立夏の連絡先が登録された携帯を見た克己は、満足そうにうなずいた。

「これで、いつでも連絡できますね。立夏さんも何かあったら、遠慮なく連絡ください」

「……ありがとう、ございます」

連絡先の交換を強いられて礼を言うのも妙だと思うが、それしか言葉が見つからない。

結婚式でいち早く立夏の異変を察した彼は、他者の機微に敏感だと言っていい。上手に周囲と調和を保つバランス感覚は、人の上に立つ者の資質のひとつだ。克己が若くして課長に昇進したのは、功績だけではなく資質による部分も大きいだろう。

（その課長が、こうして何事もなかったようにしてるってことは……）

察しのいい彼が、ランチのときに立夏が告白を断ろうとしていたことに気づいていないはずがない。つまり克己は、立夏がどのようなつもりでも関係なく、自身の気持ちを貫く心づもりなのだ。温厚で柔和だとばかり思っていた上司は押しが強く、どうにもくせ者のようである。

こういうときに角を立てずあしらえるスキルを持っていなかったし、何より彼からは逃がしてもらえなさそうな雰囲気をひしひしと感じる。

「それで立夏さん、予定は？」

連絡先だけの交換に満足せずに、克己はさらに追いかけてくる。肉食獣に捕食される小動物は、こういう心地なのかもしれない。

「……金曜の夜なら、空いています」

「それでは、俺も金曜の夜は空けておきますね。仕事終わりに行きましょう」

目的を果たしたと言わんばかりに、克己が晴れやかな笑みを浮かべる。

手のひらの上で転がされているような心地がしていたたまれなくなった立夏は、駅の改札に着くと同時に、そそくさと改札を通って克己に向き直った。

「それでは、わたしはこれで……」

「つれないですね、立夏さん。そんなに早く帰ろうとしなくていいじゃないですか。どうせ帰る方向は一緒ですし」

克己はそう言うと、自身のICカードを立夏に見せた。それを見て、克己の利用している駅が、自分の家の最寄り駅のひと駅先であることを知る。

「昨日、貴女をタクシーで送ったとき、意外と近くに住んでいたので驚きました。運命的ですね」

克己の言葉に素直にうなずけずに、立夏は昨日のことを思い出す。

午前中ふたりでホテルから出ると、克己はタクシーで立夏のアパートまで送ってくれた。最初は遠慮していたが、引き出物などのかさばる荷物も持っていたし、ドレス姿ということもあり、素直に厚意を受けたのだ。

まさか彼は、昨日の時点で一緒に帰ろうとしていたのだろうか。記念事業に携わって忙しいくせに、こうも構われると心苦しくなる。

戸惑いつつ電車に乗り込むと、ちょうど帰宅ラッシュ時の車内は混み合っていた。ドアの付近から奥には行けないまま電車が出発すると、人混みから守るように克己が立夏の肩をグッと抱き寄せて、自然と身体が密着した。

「課長、あの……」

「これは不可抗力ですよね？　でも、ラッキーです。仕事で疲れた帰りに、立夏さんに触れられるなんて」

立夏にしか聞こえない程度の小声で言うと、克己は肩を抱く手に力をこめる。彼に抱きしめられる格好になって、立夏は気まずさで顔を上げることができない。

シプレ系の香りが鼻先をかすめ、不意に土曜の夜が脳裏に浮かぶ。あの夜は、この手に翻弄された。目覚めた朝に動揺はしたが、結婚式のときに感じた寂しさや虚しさといったネガティブな思考は消えていたように思う。

（ショック療法というか……そんなこと考える余裕がなかったというか……）

とにかく克己のペースに巻き込まれていることで、土曜日曜と落ち込む暇がなかった。あくまで結果論だが、克己に救われたといってもいいだろう。

だからといって彼の言いなりになる必要はないのだが、みっともないところを見られた負い目がある。そして彼のお蔭で憂鬱にならずに済んだという感謝もあって、強く拒絶できないのだ。

（どういう気まぐれなのか知らないけど、きっとすぐに飽きるよね。その間なら、課長の気が済むまで付き合ったほうがいいのかも……）

好きだと言っていても、どうせすぐに心変わりする。そして心変わりを正当化するために、自分を傷つけて去っていくのだ。

過去の苦い経験を思い出して無意識に眉をひそめたとき、克己がふと顔をのぞき込んできた。

「もしかして具合悪いですか？」

「いえ……」

「ならよかった。なんだか難しい顔をしていたので……気になって」

威圧的な笑顔でもなければ、ホテルで見せた艶めいた顔でもない。本気で心配している表情だった。

「大丈夫です。……心配してくださってありがとうございます」

立夏はそっと視線をうつむかせた。そうしなければ、自分の感情を見透かされそうな気がする。

なんの裏もなく心配してくれる存在など、家族か友人だけだ。社会人になってからは地に足をつけて生きて行こうと必死で、心配されるような隙を見せてはいけないと気を張っていた。もともと表情筋の動きが少ないため、熱を出したときでさえ周囲に気付かれることなく仕事に就いたこともある。

(でもこの人は、わたしのちょっとした変化も気付くんだろうな……)

年下なのに、ずいぶんと頼りになる。それは、彼の置かれている課長と言う立場がそうさせているのだろうか。

「そろそろ立夏さんの降りる駅ですね。……残念です」

思考に沈みそうになっていた立夏の意識を、克己の声が呼び戻す。ゆるやかに減速した電車がホームで止まると、彼は小さく微笑んだ。

「それじゃあ、また明日」

立夏は軽く会釈をして答えると、背後から押されるように電車を降りる。

克己と離れても、彼の香りが身体に残っている気がする。まだ抱きしめられている感覚がして、立夏はしばらく遠ざかる電車を眺めていた。


(なんだか異様に疲れたな……)

部屋に戻った立夏は、化粧も落とさずにベッドの上に倒れ込んだ。

部屋中に飾ってあるネコグッズの数々を眺めながら、ため息をこぼす。カレンダーや置物、ベッドカバーやクッションなど、そこかしこにあるネコグッズは、立夏が学生時代から集めてきたものだ。ネコを飼いたかったものの、実家では家族がアレルギー体質だったので飼えなかった。ひとり暮らしを始めてからは、アパートは動物の飼育厳禁だったので、やはり飼えずじまいでいる。だからせめて飼えない代わりにと、ネコグッズを収集しているのだが、今では人に見せるのを憚るほど大量のコレクションになってしまった。

昔付き合っていた彼氏も知らない。知っているのは、この部屋にたまに遊びに来るひろ子と、母親だけ。立夏の秘密の趣味である。

これらは立夏にとって、大事な癒しグッズだった。たくさんのネコグッズに囲まれていると、大抵の疲れは癒される。だが今日は、克己との淫らな一夜を得て初めて顔を合わせるとあって緊張していたし、ランチや帰宅時に彼と時間を過ごしたことで感情のふり幅が大きかった。そのため、大好きなネコグッズに囲まれても、疲労感が拭えずにいる。

「……はあ。もう、なんなのいったい……」

表情に感情が出ない分、心の中は嵐が吹き荒れているかのように激しく波立っている。こんな風に誰かに心を占められることなんて、社会人になってからは経験していない。もっとも、傍から見ればまったく動揺して見えないところが、立夏の難儀な部分なのだが。

（……だから、フラれちゃったんだよね）

今から約九年前の二十歳のとき、立夏に初めての彼氏ができた。同じサークルの先輩で、後輩たちを何かと気にかけてくれるやさしい人だった。

たまたま飲み会の帰りにふたりになったとき、「ずっと気になっていた」と告白された立夏は、嬉しくて舞い上がりそうな気持ちでＯＫした。なぜなら立夏もまた、先輩のことが好きだったからだ。

しかしその付き合いも、長くは続かなかった。好きな人と付き合えて、立夏は毎日が楽しかった。けれどそれが相手には上手く伝わらず、先輩が立夏の気持ちを疑い出したのだ。デートをしても、キスをしても、内心ではこれ以上ないくらい幸せでドキドキしていたのに、それらが表情に出ないことで、だんだん先輩の気持ちが冷めていった。それを知りながら、立夏にはどうすることもできなかった。

もちろん立夏も努力はした。笑顔の練習をしてみたり、なるべく感情を伝えるように言葉を尽くした。しかし最終的に、「お前といてもつまらない。もっと可愛げのある女と付き合うから別れる」と先輩から告げられた。別れ話をされる前にはすでに付き合っていたようで、立夏には先輩の決断を受け入れるしか道は残されていなかったのである。

（あー……痛い過去を思い出しちゃったなあ……）

ごろごろとベッドで転がりながら、深いため息をつく。

先輩の選んだ女性は、立夏とは正反対の可愛らしい後輩だった。そのことが余計に女としての自信を失わせた。

このときの失恋は、立夏の心に澱（おり）のように重苦しい傷を残している。

可愛げのない自分には、恋愛事は向いていない。どうせ恋愛など一時だけの熱病でしかない。地に足を着けて仕事を続けていれば、波風のない平穏な人生を過ごせる。

社会人になってからは、そう考えて過ごしてきた。それがまさか、年下の上司に告白されて頭を悩ませる羽目になるとは思いもよらなかった。

「……なんで課長は、可愛げのない年上の女を好きになったんだか」

克己は男性として魅力的だと思う。でも、自分が釣り合うと思えない。それに、もう傷つくのはこりごりなのだ。

(そう思って、人様の結婚式で寂しくなる辺り、まだ修行が足りないんだろうけどね)

ぐるぐると自己嫌悪に苛まれている頭を抱えたとき、バッグの中に入れっぱなしにしている携帯の振動音が聞こえた。

手に取ると、克己からメールが入っていた。『マンションに着きました。今日の夕食はこれです』という一文と一緒に添付されている写真は、コンビニのお弁当だった。

今日の昼彼とランチに行ったのはお洒落なパスタ屋だったし、週末はオーガニックレストランでの食事の約束している。だからてっきり食にこだわりのある人物だと思っていただけに、コンビニ弁当とは意外である。

(返信、したほうがいいのかな……)

立夏は少し迷ってから、『私もアパートに着きました』とだけ返した。それ以上、何を書いていいか思いつかなかったのだ。

「こういうところが、可愛げがないんだろうな……」

たとえばこれが、ランチ時に克己を取り囲んでいた女子社員だったなら、もっと可愛い文言を思いつくのだろう。女子力、といってもいいかもしれないそれは、立夏が培ってこなかった要素のひとつだ。

落ち込みそうになったところで、ふたたび携帯が振動する。克己からの返信で、『今度はアパートまで送りますね。ハンカチのお礼も楽しみにしていてください』と書かれていた。しかもわざわざ、立夏の貸したハンカチの写真まで添付されている。

立夏は『おやすみなさい』とだけ返信して、携帯の充電をする。

写真くらい送ったほうがいいんだろうか。それとも、そんな必要はないんだろうか。

そんな些細なことを悩みつつ、夕食の準備をするためにベッドから起き上がって冷蔵庫を開けた。いつもは日曜に食材を買い込むため、月曜は豊富な食材が冷蔵庫に入っているのだが、昨日はさすがに動揺が深くて買い物をする気力がなかった。

「しょうがない。冷凍のうどんでも食べようかな」

冷凍庫からうどんを取り出したとき、部屋のインターホンが鳴った。モニターを操作して来訪者を確認すると、すぐにドアを開く。

「どうしたの？　ひろ子」

ドアの前にいたのは、小池ひろ子だった。ひろ子は最寄り駅にあるデパ地下の袋を掲げると、我が物顔で部屋の中に入ってくる。

「土曜は二次会の途中で帰っちゃったでしょ？　具合が悪くなったって北條くんが言ってたけど、大丈夫だったかと思って。ご飯はもう食べた？」

「……ううん、これから食べようと思ったところ。心配かけてごめん。でも大丈夫だから」

立夏の答えに、ひろ子は柳眉をひそめた。持っていた袋の中から弁当を取り出すと、立夏に差し出す。

「サーモンとアボカドのサラダ丼と、ロティサリーチキン丼、どっちがいい？」

「じゃあ……サーモンとアボガドで」

「了解」

さっそく弁当を広げたひろ子に、立夏は冷やしていた缶ビールを持ってきた。彼女が来ると、まずは一杯、と言ってビールを飲むためだ。ひろ子がビールを掲げると、自分も缶を掲げてコツンと縁を合わせる。

「ひろ子が来てくれて助かっちゃった。冷蔵庫の中に、ロクなものがなかったから」

「ふうん。珍しい。やっぱり、あんまり調子よくないんじゃない？」

「……そういうわけじゃないよ。結婚式に出て、疲れちゃっただけ」

まさか克己とホテルに泊まったなどと口にはできず、曖昧に濁す。けれどもひろ子は不服そうに、ビールをひと息に呷った。

「何年の付き合いだと思ってるの。いくら立夏が顔に出ないって言っても、なんか悩んでいることとくらいわかるんだから」

「うん……でも、本当に大丈夫。ちょっといろいろあって、混乱しているだけ」

「……まさか、北條くんのせいじゃないでしょうね」

「えっ……」

　思わず驚きを声に出した立夏に、ひろ子の目が鋭く光る。

「だって、北條くん……二次会で立夏を連れ出したじゃない？　そんなに親しいわけでもないのに、おかしいと思ったの。ひょっとして、立夏に手を出してんじゃないかって心配だったんだけど」

「あれは……二次会の幹事だったから、わたしを送ってくれただけだよ。わたしなんて相手にしなくても、課長なら相手はいっぱいいるってば」

「甘い！　甘いよ立夏。あんたは自分が思ってるより、ずっとモテるんだからね。営業の男から、立夏を紹介してくれって頼まれるもん。まあ、見た目だけで言い寄ってくる男なんてわたしがシャットアウトしてるけど」

　なぜか胸を張るひろ子に、苦笑いを返す。立夏とて、縁があれば男性と付き合いたいと思う気持ちはある。でも、やはり自信がない。最初は好きだと思ってくれていたとしても、どうせまた、「可愛げがない」と言って立ち去るだろうという思いが拭えない。

「まあ、慎重になるのも悪くないよ。だってわたしたちの年だと、やっぱり付き合うなら結婚を考えるじゃない？　いくら晩婚化が進んでるっていっても、子どもを産むなら年齢的なこともあるしね。ダラダラ付き合って時間を損するのは嫌だしさ」

「うん……そうだね」

ひろ子に答えながら、克己の言葉を思い出す。彼は立夏を好きだといったが、結婚を考えるまでの想いではないだろう。二十六歳の男性ならば、まだ周囲から結婚を急かされたりしないと思うし、結婚願望が強そうなタイプにも思えない。

「話逸れちゃった。北條くんじゃなくても、誰かに迫られて困ったら『結婚を前提に付き合う以外は嫌』って言ってやればいいよ。でも、結婚してもいいなって思える男なら、付き合ってみるのもいいんじゃない？」

「何それ。結局、慎重に選んだほうがいいの？　それとも勢いで付き合ったほうがいいの？」

「立夏には、多少の勢いは必要じゃない？　いい加減な男はいらないってだけ。矛盾してないでしょ？」

ひろ子はそう結論づけると、ビールを片手にロティサリーチキンを味わっている。

（結婚か……課長はそこまで真剣じゃないだろうな）

克己とのことがなければ、ひろ子の話を笑って受け流していたかもしれない。けれど今の自分は笑って受け流すことも、ましてや彼にそんな強気な発言をすることもできない。なぜなら立夏自身、克己に対する気持ちが自分でも判然としないからだ。

その夜、ひろ子が自分のアパートに戻った後も、立夏はやはり克己のことを考えてしまうのだった。

週末の金曜。月末ということもあり、いつもより浮かれている街の中を、立夏は克己と連れ立って歩いていた。

「すごく美味しかったですね。やっぱり立夏さんとの食事は美味しく感じます」

約束していたオーガニックレストランでの食事を済ませると、克己が満足そうに笑う。

確かに料理は美味だったし、店の雰囲気も落ち着いていて過ごしやすかった。だが、やはり克己は立夏に支払いをさせてくれずに、なし崩し的に店を出てしまっている。

「料理は美味しかったです。でも、なんの理由もなく驕られるわけには」

「俺が誘ったんですから、俺が払うのが筋ですよ。好きな人とのデートで食事を御馳走するくらいの甲斐性はあるつもりですけど」

「……デートじゃないです」

「それなら今日の食事は、立夏さんの中でどういう分類なんです？」

「上司との親交を深めるための時間、とか……でしょうか」

立夏は迷いながらそう言うと、隣を歩く男を見つめた。

親交を深めるなど、自分で言っていても空々しい。上司と親交を深めるのが目的であれば、他の社員もいないのは不自然だし、現在ふたりは仕事の上で接点はない。それに、ただの上司と部下がプライベートで毎日のようにメールを交わさないだろう。

そう――克己は立夏の連絡先を手に入れて以来、ずっとマメにメールを送ってくる。

彼の手で散々乱されてから一週間。最初が最初だっただけに、今さら親交を深めるも何もあったものではない。

彼も同じように感じたのか、形のよい唇に笑みを刻んで立夏を見つめる。

「立夏さんが、俺のことを上司としてしか見ていないのがわかりました。男として見られるまでには、まだ努力が必要みたいですね」

「努力なんて……無意味です」

「それは、俺の気持ちを受け入れるつもりがないってことですか？」

克己の声が、先ほどよりも低く耳朶をたたく。夏のぬるい空気の中だというのに、隣からは冷気が漂ってくるかのようだ。

「……課長は、まだ若いじゃありませんか。わたしはあまり恋愛事に向いていないのを自覚しています。軽い気持ちで付き合ったりできないんです」

「俺は、軽い気持ちじゃありませんよ。でも、口でなんと言っても信じてもらえない。だから今、距離を縮めようと努力している最中なんです。だから俺にとって、努力は無意味じゃないんです。貴女を手に入れるための努力なら、惜しみませんから」

あまりにも直球な言葉と眼差しに、立夏は視線をさまよわせる。

（この人は……どうしてこんなに、自分の気持ちを伝えることにためらいがないんだろう）

揺るぎない言動は、立夏とはまるで違う。それは彼がこれまでの人生で培ってきた道のりに裏打ちされたものなのだろう。

　彼と接する時間が増えたことで、立夏からは、克己の昇進に対するわずかな嫉妬もなくなり、自分と正反対の人当たりのよさを苦手だとも思わなくなりつつあった。強引さに戸惑ってはいるが、好意を向けられることに嬉しくないはずはない。

　ただ、彼を男性として好きかと言われると、そこまで気持ちがまだ追いついていない。

　視線を無為に泳がせると、通り沿いにあるジュエリーショップに、ブライダル用のアクセサリーが飾られていた。ショーウインドーの中には、プラチナリングにひと粒石のダイヤが輝くポスターと商品が飾られている。それを見た立夏は、ひろ子に言われたことを思い出した。

（『結婚を前提に付き合う以外は嫌』、か……そう言ったら、課長はなんて答えるんだろう）

　さすがにそんなことを言う勇気は立夏にない。そもそも、そんなことを言える性格であれば、克己のアプローチに対してここまでうろたえないだろう。

「立夏さん、あの店、気になるなら入ってみましょうか」

「えっ……」

　不意に克己は立夏の肩を抱くと、有無を言わせずにジュエリーショップに入った。店員の声掛けを笑顔で受け流すと、ネックレスが陳列されたショーケースの前で足を止める。

「立夏さん、あんまりアクセサリーしませんよね。好きじゃないんですか？」

「そういうわけじゃないです。ただ、会社ではあまり目立つものをしないだけで」

心が惹かれるアクセサリーに出会ったら買うこともあるが、それらは部屋のジュエリーケースの中に眠っている。指輪もネックレスも、たまに出かけるときに着ける程度だ。アクセサリーに興味がないというよりも、ネコグッズの収集に力を入れているというのもある。

「こちらなんていかがですか？　一週間前に入ったばかりの新作なんです。フォーマルだけでなく普段使いもできるデザインですよ」

店員がショーケースの中から一本のネックレスを取り出すと、スエードのトレイの上にそれを置いた。流線型のフォルムに小さなパールが縦に並んでいる上品なデザインで、立夏の好みにも合っていた。

（問題は値段だけど……ボーナスも出るし、自分へのご褒美で少し高めのアクセサリー買ってもいいかな）

そう思っていた立夏だが、値段を見て息を呑む。店員の言うように普段使いをするには、思い切りが必要な値段を設定されていたのだ。

「どうぞ、直接お手に取ってごらんください」

「立夏さん、着けてみたらどうですか？」

「いえ、わたしは……」

遠慮しようとする前に、克己はネックレスを手に取った。そして立夏の背後にまわると、ネックレスを着けてくれる。意図せず抱きしめられるような格好になったことで首を竦めたとき、彼の吐息が首筋にかかった。

「っ……」

すんでのところで声を押し留めた立夏だが、克己の指が薄い皮膚に触れるとわずかに吐息を漏らした。この前彼に触れられた感触を、肌が覚えているのだ。

全身で、彼を意識している。克己もそれを察したのか、小さな含み笑いとともに、立夏にしか聞こえない程度の声でささやきを落とした。

「耳が赤くなっていますよ。こんな場所なのに、感じましたか？」

「な……」

カッとなって振り返れば、克己が悪びれもせずに微笑む。

「鏡見てください。似合ってますよ、ほら」

立夏の両肩をつかんだ克己が、ショーケースの上に置いてある鏡を見るように促した。

今日はVネックのシャツにグレーのパンツスーツを着ていたが、ネックレスをしただけで首元が華やいで見える。鏡越しに得意げな克己の眼差しとかち合って、なんだか恥ずかしくなった。

「素敵なデザインですね。今度改めて買いに……」

立夏がネックレスを外そうと留め具に手をかけようとする。けれども克己は、店員に向かってカードを差し出した。

「あのネックレスをいただけますか？」

「かしこまりました。在庫を確認してまいりますので、少々お待ちください」

店員は恭しく頭を下げると、克己が立夏に向き直った。

「とりあえず外しますね、それ」

なぜか今度は背後にまわらずに、克己は前から抱きしめるような体勢でネックレスに手をかけた。シプレ系の香りが鼻をかすめたと同時にうなじに彼の指先が触れ、大きく鼓動が跳ねる。

「課長……あの、わたし今日は持ち合わせがないので、後日また来ようと思っていたんですが」

「プレゼントしますよ。それなら問題ないでしょう？」

「な、何言ってるんですか……！」

立夏がつい声を大きくすると、スエードのトレイにネックレスを戻した克己が、自身の唇に人さし指を当てた。その仕草で、他の店員がこちらの様子を窺っていることに気付き口をつぐむと、先ほど対応してくれた店員が戻ってきた。商品に間違いがないかを確認されて克己がうなずくと、すぐに会計の手続きを済ませてしまう。

「立夏さん、お待たせしました。行きましょう」

克己はネックレスの入ったショップバッグを立夏に手渡すと、どこか楽しそうに店を出た。その後に続いた立夏は、先を進む克己の腕を引いて訴える。

「課長、こんなに高い品物……受け取れません」

「値段が安ければいいんですか？　でも立夏さんは、いつも俺に遠慮しますよね。それって、値段の問題じゃないってことでしょ」

「限度があると言っているんです。こんなことしてもらう理由、ありません」

「理由ならありますよ。俺が貴女を好きだからです。似合っているアクセサリーを贈って、貴女を飾りたいと思いました。いけませんか？」

克己はそう言うと、立夏の手をやさしく外した。そして口角を上げると、

「もし気が引けるというなら、そうですね……お礼をもらおうかな」

そう言って、立夏を路地裏に引き込んだ。

身体を囲い込むように壁に手をつかれ、至近距離で射すくめるように見つめられる。目の前の男は、立夏の知っている〝上司〟の北條克己ではない。色気を帯びた眼差しは、間違いなく欲望を持つ男のものだった。

「立夏さんが俺を上司としてしか見てくれないなら、上司として命じましょうか。まず、ふたりきりのときは〝課長〟と呼ばないで名前で呼ぶこと」

「なっ……課長を名前で呼ぶなんて無理です」

「それなら最初は、苗字でもいいです。プライベートでも役職で呼ばれると、仕事をしている気分になりますから」

その気持ちは分からないでもない。克己の前任者であるまなみも、同じようなことを言

っていた。だから仕事以外で彼女と会うときは、『まなみさん』と呼ばせてもらっていた。そのときは役付きならではの希望だと思ったが、こと克己に関してはただ単にそれだけではないように思う。

「今後ふたりきりのときは役職で呼ばないこと。いいですね？　これは上司命令です。それと、もうひとつ……明日、俺とデートすること」

「は……？」

「貴女が予想よりもはるかに手ごわいので、遠慮なく公私混同させてもらいます」

克己はどこか凶悪さを感じさせる笑みで宣言すると、立夏に顔を近づけてきた。薄く唇を開く彼は、まるで飢えた獣のようだ。自分がこのまま食されてしまいそうな心地になるも、迫ってくる男から逃れられない。

（キス、される……――）

ぎゅっと目をつむり、肩を強張らせた。次の瞬間――耳朶に熱い吐息が触れた。

「そんなに緊張して、やっぱり可愛いですね」

含み笑いとともにそんな声をかけられた立夏は、パッと目を開く。すると克己は壁に置いていた手を移動して、立夏の頬に触れた。

「キスされるって、期待しました？」

「……っ」

パッと彼の手をふりほどき、視線を外す。期待などしていない。でも、抵抗しようと思えばできたはずなのに、立夏がそうしなかったのは事実だ。

　克己は視線を合わせるように、今度は立夏の頬を両手で包み込んだ。

「この前は、酔っていた立夏さんに付け込んでいろいろしましたから、手が早いと思われてもしかたないです。でも、あのまま貴女を俺のものにすることもできましたが……貴女と身体だけの関係になりたくありませんでした」

　だから、今度は段階を踏んでいるのだと彼は言った。立夏が自分を好きになるまでは、キス以上の行為はしない、とも。

「貴女は、俺の告白を信じてくれてないようですけど……それでも俺、諦めませんから。立夏さんが、俺を上司としてじゃなく、ひとりの男として意識してくれるまで、辛抱強く頑張ります。覚悟してくださいね」

　克己はそう言うと、立夏から両手を離して微笑んだ。

　あの夜、彼の告白を信じられず、愚かな挑発をしたのは立夏だ。にも拘わらず、克己は呆れるどころか、気持ちが自分に向くのを待つという。

（ああ、もう。どうして課長の前だと、こんなに動揺するの？）

　彼といると、まるでジェットコースターに乗っているときのようにドキドキが止まらない。しかもそのドキドキ感は、不快なものではないから余計に困る。

　特定の人を前に、みっともなくうろたえたり鼓動が速くなるなんて長らくなかった。最後に記憶しているのは、大学時代に唯一彼氏がいたときだけだ。

（えっ……待って。何それ……）

　かつて恋愛していたころの自分と、今の自分の状態が極めて近いことを自覚した立夏は、耳が熱くなるのを感じる。今が昼間であれば、間違いなく赤い顔を彼にさらす羽目になっただろう。

「そろそろ行きましょうか。せっかく明日はデートなのに遅くなっちゃいますしね」

　克己は立夏の手に自分の指を絡ませた。そして路地裏から表通りに戻ると、駅に向かってゆっくり歩き始める。

「ああ、明日のデートはそのネックレスを着けてきてくれると嬉しいです」

「……わかりました。今は持ち合わせがないので、ネックレスの代金は明日お返しします」

　デート云々の前に、まずこのネックレスの代金を支払わねばならない。痛い出費ではあるが、もともと心惹かれた品だったたし、購入することに抵抗はない。幸い給料が出たばかりだし、来月にはボーナスも出る。生活費に影響はないだろう。

　しかし、内心で算段した立夏に対し、克己はゆるゆると首を振った。

「お金はいりません。その代わりに、貴女は俺とデートする。交換条件成立です」

（それ、交換条件ってよりも脅迫なんじゃ……）

　脅迫は言い過ぎかもしれないが、それにしてもまったく釣り合いの取れていない交換条件である。デートと引き換えに高価なアクセサリーをプレゼントするなんて、とんだ散財だ。今日のレストランでの食事代を合わせて、彼がどれだけお金を使ったのかと思うと頭が痛くなってくる。

「……北條さん。本当に、困ります」

「立夏さんは、律儀ですね。世間には、男が驕るのもプレゼントするのも当然だと思っている人がいるのに。それとも、俺からのプレゼントを身に着けるのは嫌ですか？」

「課長……そういう言い方はずるいです」

「また呼び方が戻ってる。上司命令を忘れるなんて、いけない人ですね」

絡められている指が、咎めるように力を入れてくる。湿度が高くて暑いのに、よけいに変な汗をかきそうだ。ただでさえ、裏路地で気付きたくなかった状態に気付いた後とあり、いくら表情に出ない立夏でもさすがに顔が羞恥に染まりそうだった。

「そんなに急に……呼び方を変えられません。北條さんが昇進してから、ずっと課長と呼んでいたんですから」

「でも、以前俺が課長になる前は、『北條くん』って呼んでくれてたじゃありませんか」

「あのときとは、立場が違います」

同じ課の後輩だから、最初立夏は彼をくん付けで呼んでいた。立夏だけではなく、その当時にいた同じ課の者は皆そうだ。今は営業一課にいるひろ子は、もともと商品開発課に所属していたときの名残りで、いまだに彼をくん付けで呼んでいるのだが。

「確かに任される仕事は責任が重くなりました。でも俺自身は、あのときと何も変わっていないんですけどね」

憮然として肩をすくめる克己に、なぜか申し訳なくなった立夏が、言い訳のように継げる。

「……いくらオフィスの外でも、気安く接していると、ふとした瞬間に態度に現れるかもしれません。そうなれば、いらない憶測を生みます。困るのは、北條さんです」

「心配をしてくれるなんて、優しいですね。でも俺は、オフィスで貴女を困らせるようなヘマはしませんよ。けじめはつけます。……もちろん、プライベートは別ですけど」

自信たっぷりの顔で、克己が言い切る。これまでの彼の切り替えの早さを見る限り、確かにオフィスで親しげな様子を見せる心配はないだろう。むしろ問題があるのは、立夏のほうである。彼と違って器用に切り替えられる自信がないのだ。

「……北條さんは、もともと押しが強い性格だったんですか？　オフィスにいるときと、ずいぶん印象が違いますが」

「ええ、そうですね。でも一応俺は課長という立場なので、周囲と協調するためにある程度自分を抑えているんです。極力敵を作らないようにすることで、円滑に業務を遂行できますし。働いていくうえでの処世術というやつですね」

「そんなこと、わたしに言っていいんですか？」

「立夏さんには、本当の俺を知って欲しいと思うので隠しません。本当は、みんなが思っているほど温厚でもないですよ、俺」

以前は人当たりのいい男だと思っていたが、それは表面上のことであり、彼はかなり猫を被っていたようだ。しかしそれは、克己なりの戦い方だったのだろう。出る杭は打たれるのが世の常だが、彼は周囲を上手に懐柔している。結果、オフィスで彼を悪く言う者はほとんどいない。円滑に業務を遂行するために擬態する克己はしたたかだ。

「北條さんの処世術は、純粋にすごいと思います。……わたしは、そこまで自分を演出することができません。きっと、みんな付き合いにくいと思っているでしょうね」

「会社での在りようは、人それぞれですよ。人の顔色を窺っているばかりの人間よりも、ずっと正直でいいです。それに俺がこういう性格だからよけいに、取り繕わない立夏さんに惹かれているんです。まあ好きな理由は、それだけではありませんけどね」

こうした会話でも、彼は立夏への好意を挟むのを忘れない。それでいて、言葉の軽さは感じなかった。キス以上の行為をしようと思えばできるのに、彼が立夏の気持ちを待つと言ったからだ。頑なに閉ざされた扉をノックするかのような根気のよさである。

（……本当に、困る）

柔和で温厚な擬態の奥に潜んでいたのは、意外なほど押しが強い肉食系の男。可愛げがないはずの立夏を可愛いと言い、挙句『上司命令』などと言ってどんどん心の中に攻め込んでくる。

（どうしよう、わたし……ちょっと前まで、課長には苦手意識を持っていたはずなのに……）

克己に本性と考えを明かされたことで、これまでよりも彼と距離が近づいた気がする。

「明日、立夏さんの部屋まで車で迎えに行きます。逃げないでくださいね」

「わざわざ迎えに来ていただかなくても……」

「俺が迎えに行きたいんです。逃げないでくださいね？」

（やっぱり、みんなの前で見せる笑顔と違う……）

有無を言わせぬ笑顔で念を押された立夏は、若干頬を引き攣らせた。

3章「あと少しだけ貴女に触れたい」

半ば強制的に、克己とデートの約束をさせられた当日。

立夏は約束の時間よりも早く準備を済ませるべく、朝からバタバタと動き回っていた。

（どこもおかしいところないよね？　今年はまだ夏服買ってなかったからなあ。こんなことなら、何か買っておくべきだった……）

オフィスではパンツスーツ、プライベートでは女友達としか出掛けないため、自分の格好をそれほど意識しなかった。

けれども今日は、いつもと違う。克己に『デート』だと念押しされたことで、必要以上に意識して、何度も鏡を見てしまう。

メイクは相変わらずほぼベースメイクのみだったが、さすがに今日は会社に行くようなパンツスーツではない。夏らしいノースリーブの膝丈ワンピースに、カーディガンを合わせた。首もとには、昨日克己から強引にプレゼントされたネックレスが揺れている。

（やっぱり可愛いな、これ……上品だけど、堅苦しい感じがしないというか）

改めて見入っていると、このネックレスにもっと合う洋服がないかという気分になってくる。服を決めかねて、先ほどから何度もとっかえひっかえしてようやく落ち着いたというのに、それでもまだ迷いが出ていた。

（約束の時間まであと三十分以上あるし、別の服に着替えようかな）

克己から今日は車で来ると聞いていたが、どこへ行くかは聞いていない。出かけた先で距離を歩くようであれば、靴はヒールのないものがいい。そうなると、やはり今の格好よりも、パンツスタイルで行くべきか——迷いが生じてクローゼットの中を漁ろうとしたとき、インターホンの音が鳴った。

（まさか、課長じゃないよね？）

時計を見て確認すると、やはりまだ約束の時間まで余裕がある。宅配便か何かかもしれないと思った立夏は、気が急いていたこともあり、モニターを確認せずドアを開けた。

すると、そこにいたのは……。

「こんにちは、立夏さん。約束より少し早いですが、お迎えにあがりました」

非の打ち所がない完璧な笑みを浮かべて、克己が立っていた。

彼の装いは、無地のTシャツにフェザーネックレスを着けて、ブラックのアンクルパンツを合わせた比較的ラフな格好だった。だがシンプルだからこそ、均整の取れた体つきがより際立っている。つい見惚れそうになった立夏はハッとすると、彼に問いかけた。

「北條さん……あの、どうしてこんなに早くに……」

「立夏さんとのデートだと思うと、待ちきれなくて。迷惑でした？」

「いいえ、そんなことは……とりあえず、玄関で待ってもらえますか？　すぐに出ますから」

長い間外で待たせては暑いだろうし、近所の目もある。玄関に彼を招き入れた立夏は、急いで部屋に行こうとしたところで、我に返って動きを止めた。

（しまった！　ネコグッズがそのままだった……！）

普段部屋にはひろ子ぐらいしか出入りしないため完全に失念していたが、玄関から部屋にかけて大量のネコグッズが飾られている。玄関だけでも、マットにスリッパ、シューズボックスの上には手のひらサイズのネコの置物に日めくりカレンダーなど、すべてがネコで揃えられている。ひとつだけならインテリアとして許容の範囲だろうが、置物に至っては色違いで五匹も置いてあるため、さすがにやり過ぎ感があるとひろ子に窘められていた。

（きっと、ドン引きされるだろうな……）

想像しつつ、そろりと振り返った立夏。けれども克己は想像したような反応ではなく、むしろ興味深そうに数々のネコグッズを眺めていた。

「立夏さん、ネコグッズを集めてるんですか？　この置物、可愛いですね」

「ありがとう、ございます……ですが、これはたまたまで」

「たまたまにしては、ネコだらけですよね。なんで隠すんです？」

不可解そうに問われた立夏は、観念して彼の疑問に答えた。

「だって……いい年して恥ずかしいです」

可愛げのない女が、可愛いネコグッズ集めに興じているなんて、堂々と誇れるものではない。しかし克己は、さらに不可解だと言いたげに首をひねる。

「恥ずかしいことなんて、何もないじゃないですか。好きなら年齢なんて関係ないですよ。それに俺も実家でネコを飼っていたので、ネコは好きなんです」

克己はポケットから携帯を取り出した。おもむろに操作すると、立夏に画面を向ける。

「これ、実家で飼っているネコです。メスなんですけど」

「可愛い……！」

克己の携帯には、アメリカンショートヘアの子ネコが写っていた。シルバークラシックタビーの毛色に、ブルーの大きな瞳が愛らしい。立夏はつい克己の前だということも忘れて、写真のネコをうっとりと眺めた。

（なんて可愛いんだろう。わたしも飼うなら、アメリカンショートヘアがいいな……ううん、ネコが飼えるならどんなネコでもいい）

しばし時を忘れて見入っていると、くくっと克己が笑みを漏らす。

「立夏さん、本当にネコが好きなんですね。完全に俺の存在を忘れてるでしょう?」

「あっ……すみません、わたし……」

「謝らなくていいですよ。立夏さんの好きなものを知ってラッキーです。しかも、同じネコ好きだっていうのが嬉しいです」

克己は携帯をポケットに戻すと、シューズボックスの上に飾ってあるカレンダーに目を遣った。自社のチョコに描かれているキャラクター『にゃん太郎』のカレンダーで、社員割引で購入したものである。

「にゃん太郎ですか。自宅にも飾ってあるなんて、素晴らしい愛社精神ですね」

「……からかわないでください。わたし、にゃん太郎チョコが昔から好きだったので、このカレンダーは毎年買ってるんです」

「なるほど。うちの会社を志望した理由のひとつが、にゃん太郎だったってわけですね。それにしてもいっぱいいますけど、本物のネコは飼わないんですか？」

「ここはペット禁止なので飼えないんです。家族はアレルギー体質だから、実家でも飼えなくて……でも、小さいときからの夢なのでいつか飼いたいって思ってます」

克己の実家で飼っているネコを見たこと、それに彼にネコグッズの収集を肯定されたことで、喜びを隠せない。表情がゆるむのを感じた立夏は、彼に背を向けた。

「……すみません。すぐに準備しますから……」

うっかり夢まで語ったことが気恥ずかしくて、部屋の奥に逃げ込もうとする。そのとき克己が、ふっと吐息をこぼすように笑い、立夏の腕をつかんで引き寄せた。

「いつものクールな顔もいいですが、そういう顔もするんですね。ネコを見ているときの立夏さん、可愛い笑顔でしたよ」

「そういうこと、言わないでいいですから」

思いがけない指摘と近づいた距離が恥ずかしくて、素っ気なく答える。しかも克己は本気で立夏の笑顔を喜んでいるみたいだったから、余計に照れくさくなってしまう。

「なんでです？　可愛い立夏さんを見ると、ついキスしたくなりますね」

「やっ、ん……っぅ」

立夏が何か言うよりも前に、克己が唇を重ねてきた。

すぐさま唇をこじ開けて侵入してきた舌が、欲望を煽る動きで粘膜を撫で擦る。ねっとりと唾液を絡ませて舌を撫でられた立夏は、ホテルの一室での出来事が脳裏をかすめた。

あの夜も今も、克己はたやすく立夏を翻弄する。彼にそのつもりはなくとも、何も考えられなくさせられて、抵抗できなくなってしまう。

「ああ、すみません。口紅が取れてしまいましたね」

キスを解いた克己が、立夏の口の端に親指で触れる。謝罪しているのは口だけで顔は笑っているのだから、まったくもって手に負えない。

「準備してきます……っ」

すっかり赤くなった顔を隠すように背を向けると、立夏は今度こそ部屋の中に逃げ込んだ。


その後。慌ただしく部屋を出た立夏は、克己の運転する車である場所に連れて行かれた。

「……あの、ここは……」

「最近出来たばかりのスパリゾートです」

車が到着したのは、郊外に出来たばかりのスパリゾートだった。宿泊施設やスポーツジム、プールなどがひとつの建物の中に揃っている複合施設だ。一日中遊びつくせるというコンセプトの施設で、老若男女に人気だと情報誌で紹介されていた。

「夏本番になると混みそうですし、その前に来ておきたくて。今の時期ならまだ、学生も夏休みに入ってませんしね」

飄々と言ってのける克己に、立夏は唖然と彼を見上げる。例年では、関東地方の梅雨明け宣言はあと二週間程度だ。そのころには学生も夏休みに入り、こういった涼を取る施設は混雑が予想される。しかし、だからといってプールとは、あまりにも突然すぎるだろう。

「プールって……わたし、水着なんて持ってきていませんけど」

「大丈夫ですよ、水着の貸し出しもしているみたいですから。それに、館内にショップもあるそうなので、そこで買ってもいいですし。さあ、行きましょう」

克己は事もなげに言うと、当たり前のように立夏の手を握り館内に足を踏み入れた。

館内に入ってすぐに受け付けがあり、その脇には水着のショップが併設されている。彼は迷わずショップに足を踏み入れると、立夏を振り返った。

「貸し出しよりも、やっぱり買いましょう。立夏さん、どういうのが好みです？」

「えっ、あの……」

「ああ、こういうの似合いそうですよね」

克己が指を指したのは、三段フリルのバンドゥビキニだった。トップスは肩ひものついているタイプで、アンダーにはホワイトのロングフリンジがあしらわれている。ブルーを基調にした花柄のショーツとセットになった水着は可愛らしいが、普段は絶対に選ばないデザインだ。立夏は大げさなほど首を振って、否を示した。

「無理です！　わたし、こんな水着着たことないですし……」

「大丈夫ですよ。ここには、普段の立夏さんを知るのは俺だけです。人目は気にせず、思い切って羽を伸ばしましょう」

確かに都内からは少々離れた場所にあるけれど、なぜ自分たちを知る人間がいないと断言できるのだろう。それに何よりも、克己の前で水着姿になるのが一番恥ずかしいのだが。けれども立夏の心の内を見透かしたように、彼が笑顔を見せる。

「立夏さんに必要なのは、頭の中を空っぽにして楽しむことですよ。それに……」

克己は意味深に口角を上げると、立夏に顔を近づけてささやいた。

「貴女の裸は一度見てますし、水着ぐらいで恥ずかしがる必要はないでしょう？」

あえて羞恥を煽るかのような発言に、まんまと立夏は反応した。いつもは表情に出ないはずなのに、ほんのり頬が赤く染まっている。心臓はどうにかなってしまいそうなくらい早鐘を打ち、この場から逃げ出したいほどだった。

「何着か試着してから決めましょうか。ああ、こっちのデザインも似合いそうですね」

やけに乗り気な克己に引っ張られるように、立夏は水着を試着する羽目になった。

何着か試着した後、結局決めたのは最初に克己が目を付けたバンドゥビキニである。鏡で確認したところ、意外に悪くないと思ったのだ。

（まさか、課長にアクセサリーだけじゃなく、水着までプレゼントしてもらうなんて……）

立夏が試着を終えると、彼は入館手続きと水着の支払いを済ませてくれていた。さすがにこれ以上散財させるわけにはいかないと財布を出した立夏だが、「今日デートに誘ったのは俺ですから」と、代金の受け取りを拒否して更衣室に入ってしまった。しかたなくその場は諦めて、立夏も更衣室に入って購入したばかりの水着に着替えていた。

（本当に、マイペースというか強引な人なんだから……）

プールに行くなら、最初からそう言って欲しい。心の準備のないままに連れて来られては、さすがに戸惑う。

とはいえ、先に宣言されていたら、立夏は頑として拒んだと思う。いくら一度裸を見せているからと言って、いきなりプールはハードルが高い。

（そういうことを全部分かっているから、課長は行き先を言わなかったんだろうな）

なんだかんだと、彼のペースに乗せられることに慣れつつある。それが嫌だと感じないのは、克己の存在を受け入れつつあるからかもしれない。

恋愛に尻ごみしている立夏にとって、ストレートに気持ちを伝えてくれる克己の言葉も強引な態度も、一歩前に踏み出すきっかけになっているのだ。

「――立夏さん、こっちです」

　更衣室を出ると、すでに着替えていた克己が待っていた。けれども彼を見た瞬間、立夏は思わず足を止める。

　克己は服を着ているときに見る印象よりも、ずっと男らしい体つきをしていた。程よく筋肉がついている上半身とスラリと伸びた手足は、モデルにもひけを取らない見事なプロポーションである。

「立夏さん、やっぱりその水着似合ってますね。ここにネックレスがないのが残念ですけど……プールを選んだのは俺ですしね」

　立ち止まっていた立夏に歩み寄った克己が、首もとに触れる。鎖骨をかすめる彼の指のぬくもりに、意識せずにはいられない。

「……北條さん、近いです」

　肌に灯された熱を気づかれたくなくて、あえて抑揚なく告げる。こうしたところが立夏の可愛げのない性格で、元カレからもそう言われた。もっと女らしく甘えることができればいいのだが、いかんせん人生上手くはいかないものだ。

（気を悪くしたかな……）

　心配になって克己の様子を窺ったが、立夏の心配は杞憂に終わった。なぜなら彼は、可笑しそうに笑っていたから。

「失礼しました。それなら、近づいても不自然ではない場所に行きましょうか」

克己は立夏の手を引くと、プールのあるフロアへと移動した。手をつないだまま中に入ると、彼は迷いなくウォータースライダーの受付に向かう。

「これなら堂々と立夏さんに近づけますよ、ね?」

「は……?」

戸惑う間にも、克己に腕を引かれて階段を上がり、スタート地点に連れて来られてしまった。

この施設のウォータースライダーは三種類あり、今いるのは着水までチューブの中を通るタイプのようだ。

係員がふたり用の専用エアシートを準備して、誘導してくれる。

「立夏さん、前に乗って。俺は後ろに乗りますから」

「……本当に乗るんですか?」

「ここまで来て何言ってるんですか。ほら、後が詰まっちゃいますよ。行きましょう」

克己は立夏を先にエアシートに乗せると、背中から抱きしめるような格好で自身も浮き輪に乗った。ウエストにしっかりと腕をまわされて、背中と彼の胸が密着する。

「それでは、行ってらっしゃい!」

心の準備が整わないまま、係員の掛け声とともにエアシートが押され、チューブの中を滑り落ちていく。

「きっ、きゃあああああ……っ」

右に左に曲がりくねるチューブの中で、立夏は普段ではありえないほど絶叫していた。何も考えられない。でも、スピードに乗って落ちていく中で、お腹にまわされた腕の力強さが妙に安心感を与えてくれる。

やがて、ぽっかり穴が空いたようなゴールが見えたかと思うと、勢いよく着水した。ふたり一緒に水中に放り出されたが、先に体勢を立て直した克己が立夏の腕を引く。

「立夏さん、大丈夫ですか？」

「……」

「立夏さん？」

プールから上がってもしばらく呆然としていた立夏は我に返ると、思わず噴き出してしまった。克己は驚いたのか目を瞠ると、濡れた髪をかき上げながら表情をゆるめる。

「予想以上に楽しめたみたいですね」

「はい、とても。それにわたし、こんなに大きな声出したの久しぶりで……なんだか、可笑しくなっちゃって」

「そうですね。立夏さんの悲鳴、すごい響き渡ってました」

立夏の笑顔を見た克己が、嬉しそうに笑う。その表情に、立夏は胸の高鳴りを覚えた。

（デートと言われて身構えていたけど……こんな風に笑えるなんて思わなかったな）

社会人になってからは恋人もいなかったため、正直、克己とのデートがどういうものになるのか不安を覚えていた。

けれども、今、立夏はリラックスできている。突然プールに連れて来られたことで、不安も緊張も驚きに上書きされたのだ。

それに先ほど大きな声を出したことで、心が軽くなった気がする。飲み会で誘われたカラオケに行っても人の歌を聞いているだけに留まるくらいはしゃぐことをしない立夏は、これほど大きな声を出したのは何年ぶりかのことだった。

この数年間経験してこなかったことが、克己といるとあっさりと経験できている。しかもその経験は楽しくて、いかに自分がこれまで人生を楽しもうとしてこなかったかを気づかされた。

「立夏さん、今度は別のウォータースライダーに行ってみましょう。どうせなら、全種類制覇したいですよね」

「……そうですね。それも楽しいかもしれません」

彼の提案にうなずいて微笑むと、克己は一瞬目を見開いた。そして立夏の手を引くと、別のウォータースライダーがある場所へ足を向ける。まるで本物のカップルのようだと思いながら彼の後を歩いていると、振り返った克己が呟いた。

「……不意打ちはずるいですよ」

「不意打ち？」

「無防備に微笑まれたら、キス以上のことをしたくなる。だからあんまり俺を煽らないでくださいね」

「……わたしが好きになるまでは、しないいんじゃないんですか」

「そうですよ。約束は守りますから、早く俺を好きになってください。立夏さんが好きになってくれるまで、自制心と格闘してますから」

　軽口をたたいていた克己は立ち止まると、立夏を引き寄せた。彼の胸に倒れ込むような格好になって見上げれば、したり顔で見下ろしてくる。

「でも……ちょっと抱きしめるくらいは大目に見てくれますよね」

　言いながら、克己は立夏の腰を抱き寄せた。

　ウォータースライダーを滑ったときは、背中から抱きしめられていたからまだよかった。正面から素肌で抱き合うなんて、心臓がもたない。

「北條さん……離してください。こんな人前で……」

「大丈夫です。カップルがイチャついてるくらいにしか思われませんよ」

　人前で抱きしめられるのは恥ずかしいのに、濡れた素肌の触れ合う感触が身体の奥を甘く疼かせる。

　彼にドキドキしていることを気付かれるのではないか――立夏は彼の腕の中で、自身の感情を持て余していた。

「――今日は楽しかったです。本当に、こんなに笑ったのは久しぶりでした」

その後。立夏は克己と一緒に施設にあるウォータースライダーをすべて制覇していた。

施設内のレストランで早めの夕食をとって帰路に着くころには、ずいぶん彼と距離が縮まったように思う。きっと、ふたりで童心に返るように遊び倒したからだろう。これも克己の計画のうちなのかもしれないが、それを差し引いても楽しかった。

「立夏さん、やっぱりオンとオフだと印象が違いますね。オフのほうが、感情が豊かに見えます。いつもよりも、ずっと生き生きとしてますよ」

「……そんなこと言われたの、初めてです。だってわたし……感情が顔に出にくいから」

「仕事のときはそうですね。でも、立夏さんと一緒にいるようになったら、違うんだと気付きました。プライベートの貴女は、自分で思っているよりも表情豊かですよ。わかりやすいくらいです」

断言された立夏は、思わず運転する彼の横顔を見つめた。確かに今日は彼の前で笑顔も見せたが、わかりやすいと言われると首をかしげてしまう。

克己はちらりと立夏を見遣ると、ハンドルを操りながら口角を上げた。

「そういうところですよ」

「え……？」

「仕事のときは、表情に出ていなくても、経験に裏打ちされた自信と商品に対する熱意が伝わってきます。今は、俺に気を許してくれているのか雰囲気がやわらかいです。不思議なときは不思議そうにしているし、楽しいと思ったときは笑っていますよ」

だから安心していい――。そう言外に語るかのような、やさしい口調だった。

立夏はなぜか言葉に詰まり、胸がいっぱいになる。

克己は年下なのに、そうと感じさせない包容力があった。彼の言葉ひとつで、自分の気持ちが軽くなっているのを感じる。

決して説教臭くはない。それでいて、ありのままを受け入れてくれる。それは彼がこの前言っていたような〝処世術〟の類ではない。克己本人の人間性だ。

（こういう人って、本当にまいるなあ……）

深く関わらなければ知らなかった人となりを知れば知るほど、彼に対する印象が変わる。

周囲と上手く関わる術を持つ彼を苦手だと思っていた。しかしそれは処世術だと言い切るしたたかさも、デートで笑顔を引き出してくれた気遣いも、今のような自然に気持ちを掬い上げてくれるやさしさも――好感を持ってもしかたない言動だ。

この男は、人を否定したりしないし、自分を卑下しない。どうりでモテるはずだ。端麗な顔立ちだけの中身がない男ではないから、皆彼に惹かれてしまうのだろう。

「――立夏さん、着きましたよ」

「え……あの、ここは……」

ぼんやりと考え込んでいた立夏は、てっきりアパートに着いたのだと思って顔を上げる。けれどもそこは見慣れた風景ではなく、帰路の途中にある大型商業施設の駐車場だった。

「まだデートはおしまいじゃありませんよ。立夏さんに見せたい店があるんです」

克己はシートベルトを外すと、立夏にも出るよう促した。

休日とあって家族連れが多い店内を進んでいくと、彼は慣れた足取りでエスカレーターに乗る。何か買い物でもするのかと後に続いた立夏は、エレベーターから下りてすぐ目の前にあるショップを見て声を上げた。

「ネコグッズ専門店です。以前、仕事でこの施設で、店舗さん向けに新製品の試食会をしたとき見つけたんです」

「北條さん、ここ……」

試食会と聞いて、立夏はその当時に聞いた話を思い出す。

克己の昇進のきっかけになった商品の開発途中で、社内向けだけではなく社外でも試食会を開いたそうだ。重役らが集まる商品化決定会議の前に、通常の商品よりもアンケートやヒアリングを徹底的に行ったという。

「俺が手掛けていたのが、主に主婦層へ向けての〝自分へのご褒美になるような贅沢品〟がコンセプトだったので、実際に売り場で働いている主婦の方にも参加していただいたんです。かなり五味に優れた方もいらっしゃったので、とても助けられました」

懐かしそうに語った克己からは、仕事に対する熱意を感じた。プライベートでは立夏を振り回して翻弄する彼だが、仕事に対する姿勢は真摯だ。昇進は、この熱量が生み出した結果なのだと、今は素直に思える。

克己は立夏の肩を抱くと、ショップに足を踏み入れた。中にはぬいぐるみをはじめとした様々なグッズが並んでおり、すぐさま立夏は目を奪われる。

「ここ、来たことありました？」

「いえ……初めてです」

この商業施設は、郊外によくあるタイプのもので、車でなければ少々不便な場所にある。運転免許を持っていない立夏は来る機会がなかったし、ここにネコグッズ専門店があることも知らなかった。

「立夏さん、こっち。この置物、立夏さんの部屋にある置物と色違いじゃないですか？」

「あっ、本当だ……こんな色もあったんだ」

それは玄関に置いてある五匹のネコの置物とは違った色で、ネコグッズ収集家の立夏としては気になる商品だ。

つい手に取ってまじまじと眺める立夏の様子に、克己はクスッと笑みを漏らした。

「もしかして、部屋にある置物の仲間に入れようとしてます？」

「……あんなにたくさんあるのにまだ欲しがるなんて、引きますよね」

「いいと思いますよ。だって、立夏さんにとってはご褒美なんでしょう？　それに、好きな人の趣味を理解したいと思うことはあっても、否定しようとは思いません」

克己は店内にあった買い物用の小さなカゴを手に取ると、立夏が持っていた置物を入れた。

「他に気になるものはありますか？　あのぬいぐるみなんて可愛いと思いますけど」

克己の視線の先には、巨大なネコのぬいぐるみが陳列されている。大の大人が両手で抱えてようやく持てそうなサイズだ。何匹か並んで座っている姿は愛らしく、ぜひ自分の部屋に迎えたい衝動に駆られた。だが、いかんせん大きすぎるし、その分値も張る。

「可愛いですけど、大きいですし……簡単には買えませんね」

ちょっと残念になりながら答えた立夏に、克己はどこか悪戯を考えるように片目を眇めた。

「このぬいぐるみ、抱きぐるみって言うんですね。知りませんでした。なんだか立夏さんの部屋に行きたいってオーラ出てません？」

「もう……やめてください」

ぬいぐるみを横目で見遣ると、眉尻を下げる。ネコグッズに目がないところへきて、煽るようなことを言われては、うっかり手を伸ばしてしまいそうだ。

「これ、手触りがすごくいいですね。俺、買います」

ポンポンと抱きぐるみの頭を撫でていた克己は、おもむろに持ち上げるとレジに向かった。

彼もネコが好きみたいだし、部屋に飾るのだろうか。克己が抱きぐるみと戯れる姿など想像できないが、もし用途通りに使用するならばなかなか衝撃的な光景かもしれない。

（って、いつの間にか置物までレジに持って行かれてる……！）

急いでレジに向かうと、会計を済ませた克己が置物の入った袋を立夏に差し出した。

「どうぞ、立夏さん」

「あの、お金……」

　もう何度このやり取りをしたかと、ややグッタリしつつも財布を出そうとする。けれど克己は、ラッピングされた抱きぐるみを前面に押し出して笑って言った。

「俺はこれを持っているので受け取れませんよ。諦めてください」

「受け取ってくれる気、ないですよね？」

「ああ、バレましたか」

「当たり前です。まだネックレスの代金だってお返ししていないのに」

　このところ、克己には一緒にいるときは必ずお金を出させてしまっている。時には〝上司〟だと全面的に権威を振りかざし、立夏を丸め込んでしまうのだ。今日のデートだって水着まで買ってもらってしまっている。昨日も今日もうやむやにされてしまっていたが、さすがにこれ以上お金を使われるのは抵抗がある。

　そう告げたものの、克己はまったく意に介していない様子で、エスカレーターを下ると、店を出て車へ戻った。

　後部座席に抱きぐるみを座らせると、助手席に立夏を誘導した克己は、自身も運転席に収まった。シートベルトを締めながら、にっこりと立夏に微笑む。

「お金はいりませんよ。代わりに、また休みにデートしてください」

「だ、だから、そういうのは困ります……っ」

「貴女が俺のしたことで困っている間は、俺のことを考えてくれるってことですよね。いい傾向です。無関心でいられるのは、さすがに寂しいですし」

肯定しかねる発言をした克己は、立夏の返事を待たずにアクセルを踏んだ。表情から察するに、まったく立夏の言うことを聞くつもりはないようだ。さすがにこう何度も断られては、別の対価を考えたほうが建設的な気がする。

(何かをプレゼントするとか？　でも、北條さんの好きなものってなんだろう？　どうせ聞いてもはぐらかされそうだし、下手したらプレゼント自体を受け取ってくれないかもしれないし……)

贈り物は、その人の喜ぶものが基本だと思っている。贈って負担になるようなものなら、プレゼントの意味がない。

克己の抜け目がないと感じさせるところは、立夏の趣味を理解したプレゼントを贈ってくるところだ。ただ高価なプレゼントであれば突き返すこともできるが、趣味にぴったり合致したものを贈られれば、やはり嬉しいと思う。ただ問題なのは、受け取る理由がないのと、あまりにも頻繁すぎるからなのだが。

「……北條さん。何か欲しいものはありますか？　いろいろいただいた代わりに、今度はわたしからプレゼントをさせてください」

「立夏さんです」

「はい？」

「俺が欲しいのは、立夏さんだけですよ。それ以外は、必要ありません」

簡単に言い切られた立夏は、それ以上会話を続けられなかった。異性に『欲しい』なんて言われた経験は、彼氏がいたときでさえ経験していない。というか、たとえ言われたとしても、まったく気のない相手ならば鳥肌ものだろう。

（これは、世間で言うところの〝イケメンに限る〟ってヤツなの？）

さすが、小野田製菓の注目株の北條克己。こんなに直接的なことを言って様になる男もなかなかいない。

立夏は妙な感心をしつつ、涼しい顔で運転をする彼の横顔を見つめた。

仕事では淡々と業務を遂行し、周囲に愛想がないと評される立夏だが、プライベートでは迷ったり悩んだりすることが多い。だからまったく迷う素振りもなく突き進む克己は、眩しくもあり羨ましくもある。

自分にはないしたたかさと、自信に裏打ちされた勢いを持っている男。自分と対極の位置にいる克己へ最初に抱いた感情が負の感情だったけれど、なんだかんだと一緒にいるうちに絆（ほだ）されたのだろうか。

（そうだ。そうに決まってる）

いちいち彼にどぎまぎさせられるのも、一緒にいて楽しいと思うのも、自分が彼といることに慣れたからだ。そして、最初の印象を覆す程度には、彼への好感度が高くなっている。そう――克己といて心が弾む理由は、ただそれだけだ。

「――着きましたよ」

「あ……すみません。ずっと運転してくださってお疲れのところ、送っていただいて……」

いつの間にか車は立夏のアパートの前に到着していた。克己は笑顔で首を振ると、なぜか自身のシートベルトを外す。

「車の運転は好きですし、気にしないでください。立夏さんとドライブできて楽しかったですよ。……それで、さっきの答えは聞かせてもらえないんですか？」

――俺が欲しいのは、立夏さんだけですよ。それ以外は、必要ありません。

先ほどの彼の言葉を反芻した立夏は、答えに窮してうつむいた。

この前立夏は、克己はきっとすぐに飽きるだろうと思った。その間なら、気が済むまで付き合ったほうがいいのかも、と。けれども克己は、一向に飽きる気配がない。それどころか、立夏を陥落させるべく、あの手この手で攻めてくる。

しかも、最初は涙ぐんでいるところを見られたことや、ホテルに誘うような真似をしてしまったことで弱みを握られた気持ちだった立夏も、彼とプライベートで会うことを楽しんでしまっているから困りものだ。

「わたし、は……」

「いいですよ、今答えなくても。その代わり、俺とまたデートすること。さあ、部屋の前まで送ります。忘れ物はありませんか？」

「は、はい」

立夏はキョロキョロとシートを見渡したが、特に忘れ物などはなかった。少し迷ったものの、彼に買ってもらったネコの置物を手に取る。

「……あの、部屋の前まで送っていただかなくても大丈夫です。今日はありがとうございました。それでは……」

「立夏さんひとりでは、荷物を運ぶのも大変かと思いますから手伝いますよ。部屋に上がり込むようなことはしませんから、安心してください」

ひとりで運ぶのに困る荷物などないのだが、そう断りを入れる前に克己は車を降りてしまった。彼の後を追って急いで車を降りると、なぜか後部座席を開けた克己は、例の抱きぐるみを抱えている。

「北條さん、それ……」

「この抱きぐるみ、さすがに二階まで運ぶのは大変でしょう？」

確かに、立夏の部屋は二階である。抱きぐるみを両手で抱えてアパートの階段を上るのは、足もとに不安を覚える。だがそれは、この抱きぐるみが立夏の所有物だった場合の心配だ。この抱きぐるみを購入したのは克己であり、立夏ではない。

「……北條さんが自分用に買ったんじゃないんですか？」

「まさか、違いますよ。女性ならともかく、男が可愛いネコの抱きぐるみを持ってベッドに入っていたら、ちょっと笑えませんか？」

「……そういう人もいるんじゃないでしょうか」

「まあ、そうなんですけど。少なくとも俺は、ベッドで抱きしめるなら、抱きぐるみじゃなくて立夏さんがいいです」

当然のように言ってのけると、克己は先にアパートの階段を上っていく。立夏が追って行くと、部屋の前で足を止めた克己は鍵を開けるよう目で促す。急いでドアを開けたと同時に、克己は玄関に抱きぐるみを座らせた。

「これを見れば、嫌でも俺のことを思い出してくれそうですね」

「あの、北條さん」

「返品不可ですよ。もちろん、代金も不要です。だから次も、デートしてくださいね。今度は立夏さんの行きたい場所に行きましょう」

問答無用とばかりの笑顔を向けられてしまった。すでに次のデートに行くのは決定事項のようである。それならばと、立夏は考えた挙句、「わたしに驕らせてくれるなら、デートに行きます」と答えた。

立夏の返答を聞いた克己は、くくっと喉を鳴らして笑う。

「さすが立夏さん、ひと筋縄では攻略できませんね。わかりました、考えておきます」

「……お願いします」

これで、ようやく今までのプレゼント攻めへのお返しができる。ホッとした立夏だが、その隙を狙いすましたように克己の手が伸びてくる。細い指先が立夏の首にかけられると、ネックレスに触れた。

「似合ってます、本当に。プレゼントしてよかった」

克己は微笑むと、立夏の首もとへ唇を寄せた。リップ音を響かせて軽く肌に触れ、上目で射竦めるように見つめられる。

（なんてまつ毛が長いんだろう。それに、肌もきめ細かくて……すごく綺麗）

肌にキスをされた衝撃よりも、彼が至近距離にいることのほうに気がいってしまう。

どうしてこんなにこの男に心を乱されてしまうのか、気づいてしまうと厄介な気がして、ぎゅっと瞼を閉じて、意識を切り替えようとしたときだった。

「立夏さん、誘ってます？　ダメですよ、男の前で簡単に目を閉じたら」

「ん……っぅ」

克己の切羽詰まったような声とともに、唇を塞がれた。

キス以上の行為はしないと言ったはずなのに、彼のキスはそれ以上の行為を予感させるものだった。

頭の中で抗議に似た感情が過ぎった立夏だが、それでも彼を押しのけることはできなかった。なぜなら、克己のキスが嫌だとは思えなかったからだ。何度かキスをされているが、いずれのキスも立夏の心を捉えてしまう。

彼の舌が唇を割り、立夏の口腔へ侵入する。やわらかな舌先がくすぐるように上顎を撫でる感触に、身体の芯が痺れていく。

克己のキスに、性的な興奮を覚えている。そのことに羞恥心を覚えたけれど、それを押し流してしまうような心地のよさに包まれる。

「ンっ、ふ……っ……んんっ」

戸惑って逃げようとする舌を絡め取られたかと思うと、表裏をくまなく舐め上げられた。鼻にかかった声を漏らす立夏に煽られたのか、克己は立夏の腰を強く抱くとより身体を密着させた。

彼と触れ合っている唇も、服越しに感じる体温もひどく熱い。どちらのものなのかわからないくらいに、激しく鼓動が乱れ打つ。それすらも、心地いい。

巧みに誘い出された舌を吸われて、腰が蕩けそうになる。飲み込みきれない唾液が立夏の口の端を伝うと、克己は音を立てて唾液を啜った。

彼のキスは、まるで猛毒だ。理性を溶かして欲望を刺激してくる。男を誘う手管を持っていれば、もっとして欲しいと望んでしまいそうだった。

「……ただでさえ俺は、貴女を狙っている男なんです。無防備に目を閉じられたら、こうしてキスしたくなる」

「はっ……ぁっ」

口腔を激しくまさぐられた立夏は、キスを解かれるころにはすっかり息が上がっていた。力の入らない身体を彼の胸に預けて呼吸を整えていると、つむじにキスを落とされる。

「本当に立夏さんは、俺を煽る天才ですね」

「煽って、なんか……」

「キス以上はしません。だから、あと少しだけ貴女に触れたい」

少しかすれた声で告げた克己は、立夏の背に手を這わせた。羽織っていただけのカーディガンが床に落ちたと同時に背中のファスナーを下ろされて、重力に逆らうことなくワンピースが床に広がった。あっという間に下着姿にさせられた立夏は、慌てて彼を仰ぎ見る。

「北條さん……何す……っ」

「この前ホテルでしたように、貴女を乱す……そう言ったら怒りますか？」

「んっ……！」

克己はのしかかるようにして立夏の唇を奪いながら、ブラを押し上げた。こぼれ落ちた胸を捕らえ、中指で先端をくりくりと転がし始める。彼の重みと与えられる刺激とでよろけた身体を壁に預けたとき、少し勃ち上がった胸の先端を中指と親指で引っ張られて扱かれた。

「んっ……んー……っぅ」

唇を塞がれているせいで声も満足に出せず、快感ばかりが体内に蓄積していく。先ほどキスをされて欲情を揺さぶられた身体は強烈に疼き、腰骨から快感がせり上がってくる。

（こんな場所なのに、どうして……）

玄関先で下着姿にされて、胸を弄られている。その状況がとてつもなく恥ずかしいのに、意思に反して感じていた。膝は震えてしまい、今にも崩れ落ちてしまいそうだ。

克己は双丘の尖りを交互に摘まんで、やや強く捻じり上げる。執拗なその攻めに、蜜窟は淫蜜を蓄えていた。

「北條さ……これ以上、は……」

ようやく解放された唇で訴えると、熱い呼気を吐き出した克己がなぜかその場に跪く。そして次の瞬間、下着を足首まで引き下ろされた。

「やっ……！」

彼の目の前に秘部をさらすことになり、しゃがみ込もうとした立夏だが、足の付け根に両手を差し入れた克己が抵抗を阻む。その手で割れ目を押し拡げられて、内股に蜜が伝い落ちる。彼の舌はもったいないとでも言いたげに内股に這い、蜜を舐め取った。

「そ、んなとこ……汚っ、あぁっ……」

ザラついた舌が皮膚を往復する感触に甘い嬌声を上げた立夏に、唇を離した克己が笑う。

「貴女の身体で汚いところなんてありません。そんなことより立夏さん、声我慢しないと外に聞こえちゃいますよ？」

「っ……！」

指摘された立夏は息を呑むと、とっさに手で口を覆った。なけなしの理性が起こした行動だったが、それは克己の行為を手助けしていることにほかならない。そう気づいたとき、彼は指で拡げた割れ目に舌を這わせ、花芯を舌先で刺激した。

「んんっ」

唾液に濡れた舌は、指よりも繊細な感触で花芯を刺激する。ぷっくりと膨らんだそれを赤い舌で振動させた克己が、挑発的に立夏を見上げてくる。蠱惑的な彼の表情に、内壁が大きくうねって淫悦をねだった。

「っ、ん……く、ぅ……っ」

思わず出た声は、自分で口を押さえているせいで呻き声のようだ。克己は目尻をゆるめると、見せつけるように上目遣いで立夏の秘部を舌で味わっている。生温かい舌が無防備な秘裂を上下に蠢くと、動きに呼応した蜜口が小刻みに震える。ホテルでの一件でもっと強い快感を知っている身体は、浅ましく飢餓感を訴えていた。

恥ずかしい部分を間近で見られるだけでも消え入りたいくらいの羞恥だというのに、そこを舐められて感じている。くちゅくちゅと響く粘着質な水音がやけに大きく耳朶を打ち、耳を塞いでしまいたくなる。

（このままだと、もう……わたし……）

己の身体が悦の極みに近づいていることを悟ると、立夏は口から手を外して彼に懇願した。

「も……ダメ……ぇっ」

とうとう音を上げて涙目で彼を見たものの、克己は聞く耳を持っていなかった。秘芯に歯を立てた彼は、蜜口に中指を挿入した。くぷりと音を立てて中指を呑み込んだ体内は、濡れ襞を擦られてひくひくと痙攣する。

「あんっ、あ……あぁっ……！」

立夏が達した瞬間、克己が名残惜しそうに唇を離す。押さえが利かなくなって壁伝いにずるずると腰を落としてその場に座り込んだ立夏は、目の前の欲に濡れた男の目をぼんやりと見つめた。

このままここで、彼に抱かれるのかもしれない。そんな予感が脳裏を掠め、わずかに身じろぐ。けれども克己は口角を上げると、床に落ちたままのカーディガンとワンピースを拾った。

「さすがにこの先はしないので安心してください。立夏さんがあんまりにも無防備なので理性が切れかけましたけど……ちゃんと自制心は残ってます」

自分に言い聞かせるように言うと、まだぼんやりとしている立夏にカーディガンをそっとかけて立ち上がる。

「俺が出たら、ちゃんと鍵を閉めること。いいですね？」

まるで子どもに言い含めるように言って、克己は部屋を出て行った。半分無意識に身なりを整えて鍵をかけると、ドアの向こうから声が聞こえてくる。

「鍵、ちゃんと閉めたみたいですね。それじゃあ、また後で連絡します」

返事を聞かずに立ち去る足音を聞いて、立夏はふたたびその場に座り込む。

無表情で甘えることを知らない性格から、これまで可愛げがないと評されることが多かった。だが今は、そう評した人間が見たら驚くだろうほどに、頬を赤らめ瞳を潤ませている。

（なんなの？　もう……凶悪すぎる）

刺激が強すぎるキスと愛撫は、立夏の意思を無視して施された。しかし自分が嫌がっていないことを知ってしまったから困ってしまう。

察しのいい克己にも、気づかれているんじゃないか――そう思うと、立夏はますます動揺して、頬を両手で覆うしかできなかった。

＊

立夏の部屋を出た克己は、彼女が施錠したのを確認して車へ戻った。

運転席に乗り込むと、ハンドルに額を押し付ける。先ほどの立夏の様子を思い出すと、なかなか平静になれない。

（まったく……なんであんなに可愛いんですかね）

オフィスでは凛として隙のない立夏は、プライベートでは隙だらけだった。男慣れしていないのが手に取るようにわかるほど、克己の言動を受け流すこともできずに狼狽している。

本気で嫌がられるようならさすがに克己とて無理に迫るような真似はしないし、男として引き際も心得ている。だが立夏は、嫌がっていない。戸惑いながらも、自分といる時間を楽しんでいる。それは決して自惚れているのではなく、彼女の様子を見れば明らかだ。

（それなのに、本人は感情を出していないつもりなんだから……無防備というかなんというか）

なぜか立夏は、自分自身を可愛げのない女性だと思い込んでいる。しかし克己に言わせれば勘違いもいいところだ。

克己は顔を上げると、マンションへ戻るべく車を発車させた。

彼女のアパートから自分のマンションまでは、電車でひと駅の距離で、車だとほんの十分程度で着く。愛車を走らせながら、克己はまだ先ほどのキスの余韻が残る唇を軽く噛んだ。うっかりすると、顔に締まりがなくなりそうだったからだ。

ふたりの関係の始まりとなった結婚式二次会後の夜は、清廉な印象を持つ彼女からは考えられないくらい淫らだった。立夏が処女であり酔っていたから、彼女に快感を与えるだけに留めたが、そうでなければそのまま抱いていただろう。

そうしなかったのは、彼女に自分が本気で告白したのだと信じてもらいたかったからである。

彼女とは、酔った勢い、一夜の過ちなどというどこにでも転がっていそうな関係を結ぶつもりはない。だからといって、それまで言い寄る隙を見せなかった立夏が弱った瞬間に出くわして、見逃してやれるほど善良な男でもなかった。

（今までそれとなくアプローチしてきたのに、立夏さんにはことごとくスルーされ続けてきましたしね……）

立夏に好意を持ったのは、今から約一年半前。当時新商品のプレゼンを任された克己だったが、重役たちの承認が下りずに頭を抱えていた。一度だけならまだしも、数回プレゼンにノーを突きつけられている。さすがに疲労した克己は、資料を読む手を止めて会議室でぼんやりとしてしまった。

『どの案もよくまとまっているが、消費者の喜ぶ顔が見えてこない』

それが、克己の案が承認されない最大の理由だと言われた。しかしそうは言われても、具体的な提案じゃないものだから納得できない。それでも上から命じられれば、否という選択はなく、夜の会議室でひとり別案を煮詰めることに腐心した。

そんなとき、同じく残業していた渡辺立夏が、会議室に顔を出した。

控え目な化粧と地味なスーツを身に纏った彼女は、美人だったが愛想のない女として男性社員の間では噂に上がっている人物だ。克己もそれまで仕事上の接点はなかったため、事務的な会話のみしかしていなかった。

それなのに、彼女は克己の疲労を瞬時に見抜いた。常にオフィスでは気を張って、他人に隙を見せないように笑顔で武装していた克己は、立夏の観察眼に驚いた。

仕事は真面目だが愛想のない立夏と、如才なく他者と接するも一線を引く克己。どちらかと言えば彼女のような人間は、軽く見える自分のような人間は嫌っているだろうと思ったのだが——彼女は、克己の疲労を見抜き、チョコを差し出した。

『行き詰っているなら、一度肩の力を抜いたほうがいいと思うけど。これは、会社の先輩としての忠告』

彼女にそう言われて、ハッとした。己の未熟さを目の当たりにした瞬間だった。

それから、彼女のアドバイスに基づき、肩の力を抜いてもう一度新商品に向き合った。〝プレゼンを通すための案〟から、〝消費者が喜ぶための商品〟にするため、コンセプトから変更した。

立夏がそうしてくれたように、今度は彼女が疲れていたら自分が癒したい。そんな思いで練った企画書で、ようやく重役たちから承認を得ることになった。

それまで行き詰っていた克己にとって、立夏は自分の飛躍に力を貸してくれた人物だ。自分の努力はもちろんあるが、実際状況を打破できたのは間違いなく彼女のお蔭といっていい。

最初、克己は純粋に感謝の念で、もっと彼女に近づきたいと思った。そこで何度かさり気なく食事に誘ってみた。だが、チョコの礼にと食事に誘えば、「気持ちだけ受け取る」と断られ、皆で一緒に飲みに行こうと誘えば、「若い人たちで行ったほうがいい」と断られ、いずれも立夏の固いガードにより撃沈している。

ここまで徹底的に女性と――というよりは、人と距離を置かれた経験のなかった克己は、逆に立夏に興味を持った。

オフィスで自然と目で追うようになると、確かに立夏はクールだった。けれどもよくよく見れば、必要以上に他人に踏み込まれるのを恐れているようでもあった。なまじ美人なだけに表情が乏しいと無愛想に見えるだけで、決して礼を失している態度はしない。他の女子社員らが仕事もそこそこに合コンだのデートだのに繰り出しているときでも、彼女は黙々と仕事をこなしている。そういう生真面目さに、克己はだんだん惹かれていった。

そこで、それとなく立夏の噂を社内で拾ってみたところ、皆すげなく誘いを断られているという。克己が入社する以前よりそうだったというから、ガードの固さは筋金入りだ。

美人でも愛想のない立夏は、遠巻きに眺めるだけの観賞用だと言われている。噂好きの女子社員らは、そう語った。きっと彼氏がいるから、誰の誘いにも応じないのだ、とも。

そう聞いて、妙に納得した。それと同時に、立夏の愛を得ている男に対して嫉妬した。もともと克己はさほど物事に執着するタイプではなかったし、恋愛についても淡泊だった。これまで嫉妬心も束縛したいとも相手に感じたことはなかったというのに、立夏に関しては別だったようだ。恋愛事は理屈じゃないのだと思い知った克己は、またひとつ立夏に教えられたとひとり苦笑する。

感謝の念が恋心に昇華している。これは、思った以上に重症だ。

彼女の目に、自分を映したい。かといって、さすがに無理やり迫って嫌われるのはもってのほか。それならば、せめて彼女に恋人候補として目に留めてもらえないだろうか。いや、彼女の年齢的には、結婚相手のほうがいいかもしれない。現状はただの同僚で男として認識されてもいないだろうが、もし意識してくれたら絶対逃しはしないのに。

そんなことを考えているうちに、上司の三浦まなみの寿退社と、後任人事の発表があった。そこで克己が課長の席に収まることになり、仕事に追われて立夏を誘う時間もなくなった。

けれども、まなみの結婚式で機会が巡ってくる。鉄壁のガードを誇っていた立夏が、酔いに任せたとはいえ、「わたしとできる?」と、挑発的なことを言ってきたのだ。

もちろん、これまで立夏と距離を縮めたいと望んでいた克己だ。彼女から与えられた機会を放棄するはずもない。

(付け込んでいる自覚はありますけど……逃がしませんよ、立夏さん)

結婚式二次会後、ホテルで乱れていた立夏の姿を思い出す。

あのとき彼女は、セックスに不慣れなんだと言った。その言葉で立夏が処女だと知った克己は、それまで感じたことがないくらいの高揚感を覚えた。

男慣れしていないのなら、自分だけに慣らすだけだ。——身体も心も、彼女のすべてを手に入れる。

あの夜を経て、これまで以上に強引に立夏に攻め込んだ。今日のデートなど、完全に不意打ちもいいところだ。メイクや装いに手間暇のかかる女性にとって、いきなりプールに連れて行くなんて暴挙だっただろう。

普通なら怒って帰られても文句は言えないところだが、立夏は笑顔を見せてくれた。

プールではしゃぐ姿も、ネコグッズの専門店で目を輝かせていた表情も、克己の網膜に焼き付いている。ちょっとした悪戯心と恋心で過剰なスキンシップを仕掛ける克己に対し、素直な反応を見せてくれるのも好ましいし、必死で克己のペースに乗せられまいと抗う姿も可愛らしい。

（早く、俺に堕ちてくれればいい。完全に手に入れて、あの人の笑顔が見たい）

オフィスでは見られない彼女の素顔は、より克己を虜にする。年上なのに、そうと感じさせない。守って甘やかしたくなる可愛い女性だ。

ただ、なぜか立夏は恋愛に対して及び腰で、それが気になる。元課長の結婚式では、自分自身の状況を寂しく思って涙ぐんでいたくらいだから、恋愛や結婚をしたくないというわけじゃないだろう。

ならばなぜ、克己の告白を拒むのだろうか。彼女のこれまでの言動から、少なくとも絶望的に嫌われているとは思えないのだが。

「……何か理由があるんですかね」

ひとり呟いた克己は、マンションに到着すると車を立体駐車場に停めた。

さすがにプールの後の長距離運転で、目が疲れている。軽く頭を振って、部屋へ向かう。

（……いつか、自分から言ってくれればいいですが）

エレベーターに乗り込み、七階を押して息をつく。

七階建ての最上階の一室が、克己の住まう部屋である。就職してから住み始めたマンションは、駅から徒歩十分の好立地だ。通勤に便利で気に入っていたが、１ＬＤＫで少々手狭になってきている。今年が契約更新のため、引っ越し先を検討中だった。

（立夏さんが一緒に住んでくれるなら、迷わずファミリー向けのマンションを購入するんですけどね）

まだ恋人にもなっていない今の状況では、さすがに無理な話である。

部屋に戻ってごろりとソファに横たわると、メールが入っていた。それは立夏からのメールで、今日のデートに対する礼と一緒に写真が添付されている。

「……本当に、可愛い人ですね」

彼女から送られてきた写真には、今日プレゼントしたネコの抱きぐるみが写っていた。ベッドの上に座る大きな抱きぐるみを見て、克己の顔が笑みを作る。

俺の代わりに、抱きしめて眠ってください――そうメールを送ると、彼女の唇の感触を思い起こす。

やわらかな唇はいつまでも触れていたいくらい甘く感じ、拙い舌の動きにも征服感を煽られた。本当は彼女をすぐにでも抱きたかったが、それは自身に禁じている。立夏が自分を好きになってくれるまでは、性急に関係を進めてはならない。急いで逃げられでもすれば、ふたたび強固なガードに阻まれるだろう。

しばらく忍耐の日々が続きそうだと息をついたとき、今度は携帯が着信の音を立てた。

画面には商品開発課の部長の名が表示されている。

（せっかくいい気分で浸ってたっていうのに、邪魔しないでくださいよ）

心の中でクレームを言いつつ、意識を切り替えて応対する克己。

だが――。

「――部長、はい。お疲れ様です……えっ、それ、本当ですか？」

電話の主から告げられた思いがけない内容に、克己の顔に緊張が走る。弾かれたように起き上がると、すぐさま部屋を後にした。

4章「全部、俺だけのものにしたい」

克己とデートした翌週月曜の七月上旬。立夏はいつものようにオフィスまでの道を歩きながら、どこか落ち着かない気持ちでいた。このところずっと、克己のことばかりを考えている日々が続いているせいである。

（本当に、思春期でもあるまいし……こんなにあの人のことばっかり考えるなんてどうかしてる）

そう思うが、社内でも覚えのめでたいエリート街道まっしぐらの男に告白されたうえ、どんどん距離を縮められているのだから、それも致し方ないことだ。

しかも、立夏のベッドには、彼からもらった抱きぐるみが存在感を示している。プールに行った日の夜から使用したが、かなり抱き心地はよく、この土日ですっかり虜になってしまった。玄関には新たに仲間に加わったネコの置物もあり、克己のことを思い出す品が常に目に付く場所にある。これでは、自分のことを忘れるな、と、彼に言われているようなものである。

加えて、彼からは土曜も日曜もメールが届いた。日曜には、朝食はファーストフードで済ませたという克己に、立夏はちょっと手間をかけて作ったパウンドケーキの写真を送った。普段休日の朝などわざわざキッチンに立たないが、克己への返信を意識して作ったのだ。しかも、盛り付けや食器も普段使いのものではなく、客用のものを使っての撮影である。

（我ながら、変な見栄を張ったというか……もう、なんなんだろう、わたし……）

別に文字だけ返信してもよかった。だけど、彼の送ってくれる他愛のない日常の写真を、立夏は楽しんでいた。克己の生活を垣間見ることが出来た気がして、身近に感じているのかもしれない。有名人がＳＮＳにアップする写真を見る一般人の気持ちと似ている。

だから立夏は、あまり一方的に楽しむのも申し訳ない気がして、文字だけじゃなく写真も添付することにした。思った以上に克己は喜んでくれて、『美味しそうですね。立夏さんの手料理食べてみたいです』などと返信された。

彼にそう言われて嬉しく思ったなんて、本人には言えないが。

（本当に……これからどうなるんだろう）

克己はどんどん立夏の心の中に侵入してくる。迷いのない姿勢はいっそ清々しいほどだが、長らく恋愛から遠ざかっていた立夏にとってこの状況は許容量を大きく上回っている。

彼を本気で好きになるのが怖い。それが、立夏の偽らざる気持ちだ。

北條克己は魅力的な男性だから、恋人になりたい女性はいくらでもいる。彼を本気で好きになったとしても、自分のような面白味も可愛げもない女などいつか飽きられる。だったら最初から、何もないほうが傷つかずに済む。ある程度の年齢になると、ただ情熱のまま恋をすることはできないのだ。

　そんなことを考えているうちに休日は終わり、月曜を迎えてしまった。

　オフィスに入ると意識を切り替えて、商品開発課に向かう。すると、デスクに着いたと同時に部長に声をかけられた。

「渡辺、ちょっといいか」

「はい」

　部長の後に続いて商品開発課のオフィスを出ると、会議室に連れて行かれた。

　現在立夏は部長の下で、来期の春に発売する季節限定スナック商品の開発に携わっている。部長の厳しい表情から、てっきり何か問題があるのかと思ったのだが、聞かされた内容は予想外のものだった。

「我が社の記念事業については知っているな？」

「はい、もちろんです。北條課長が、先週の朝会で進捗を報告されていましたよね」

　小野田製菓創立五十周年記念事業は、昨年よりプロジェクトチームが発足され、ロングセラー商品である通称『にゃん太郎チョコ』の姉妹品の開発に取り組んでいる。来年二月、バレンタイン時期に合わせて発売する予定で、開発検討会議を経て試作を重ねていた。つい先日、販売を決定する重役たちの試食会で承認を得たと報告があったばかりだ。

「パッケージのデザインや販促物作成の最終調整に取りかかっているんですよね？」

「ああ。その記念事業だが、プロジェクトチームのリーダーが長期入院することになった」

部長の話では、リーダーは肩の痛みに襲われて病院を受診したところ、軟骨肉腫と診断されたそうだ。悪性ではないため手術で腫瘍を取り除けば完治するそうだが、プロジェクトから外してほしいと本人から申し入れがあったという。

「リハビリ期間もあるし、チームに迷惑はかけられないということで、上にも話を通して了承を得ている」

「そうですか……ですが、どうしてわたしに話を？」

立夏が問いを発したと同時に、会議室のドアが開いた。

「すみません、遅れました」

「北條課長……」

会議室に入ってきたのは克己だった。大量の資料の束を持って現れた彼は立夏に目礼すると、部長に頭を下げた。部長はひとつ頷き、説明を再開する。

「それで、どうしてお前にこの話をしたかだが……北條から、渡辺を補佐に欲しいと打診があってな」

「えっ……」

つい克己を見た立夏に、彼は隙のない笑みを浮かべて答えを引き継いだ。

「部長、この先は私が。……渡辺さん、私はリーダーから記念事業のチームを任されました。私がリーダーとして全体の進行を見るので、貴女には私の仕事を引き継いでいただきたいと思います」

「……それは光栄ですが、なぜわたしなんでしょうか」

「ご存知の通り、このプロジェクトは我が社の看板商品の『にゃん太郎チョコ』姉妹品を売り出す記念事業です。この商品に深い愛情を持っている貴女であれば、安心して私の仕事をお任せできると思いました」

「聞いたぞ、渡辺。お前、あのチョコを常備しているらしいな」

　意外そうに部長に言われ、立夏はうなずくしかできない。

（課長……そんなことまで話したの？）

　若干驚きつつも、「入社する前から、ずっと食べていました」と、素直に認めた。部長は「そんなにうちの製品に愛着があるとは思わなかった」と言って笑っている。

「渡辺は、可愛らしいチョコを食ってるイメージじゃなかったからなあ」

「私も渡辺さんとお話する機会がなければ、知らずじまいでした。ですが、お聞きしていてよかったです」

　克己の言葉に、立夏はぎくりとする。きっと今、彼は立夏の部屋の玄関で見聞きした話を思い出しているに違いない。ハラハラして聞いていたものの、意識しているのは立夏だけのようで、部長は鷹揚に笑っている。

「もっと早くに知っていれば、プロジェクト発足会議でリーダーに話を通して、チームに入れてやれたんだがな」

「いえ……わたしはただ、にゃん太郎チョコが好きなだけですから」

「今回のプロジェクトは、その気持ちが一番大切なんです。そこでぜひ、渡辺さんにサポートをお願いしたいんです」

克己の声音は、プライベートのときよりも若干低く改まっている。改めて上司として向き合う彼は、遠巻きに見ていたときよりもずっと堂々とした印象を受ける。内から滲み出ている存在感は、すでにリーダーとして立夏に命じているかのようだ。

（これは、打診というより命令に近いかも……）

とはいえ、立夏にとって悪い話ではない。愛着のある商品に携われるチャンスだし、記念事業チームでの仕事は、この先キャリアアップを望むならプラスに働くことは間違いない。——ただ、ふたつ返事でうなずくわけにはいかない。現在抱えている案件も大切な仕事だからだ。

「お話はわかりました。ただ、今抱えている案件もありますので……」

「その点に関しては、部長に先にお話してあります。部長は、渡辺さんが承諾すれば、こちらに来ていただいて構わないとおっしゃっています」

その言葉に部長を見れば、克己の言葉を承知しているようにうなずいている。

どうやらすでに、ふたりの間で話し合いはついているようだ。それならば、立夏に否の選択はない。

「かしこまりました。お話謹んでお引き受けいたします」

　立夏は突然降って湧いた記念事業のチーム入りと、克己のサポート役を前向きに取り組むことを決めた。

「それなら、渡辺の仕事は俺のほうから他の者に割り振っておこう。お前はすぐに北條のサポートにまわってくれ」

「わかりました」

「部長、ありがとうございます。助かります」

　克己が礼を告げると、部長は片手を上げて会議室を後にした。ドアの閉まった音を聞いて肩の力を抜いた立夏に、克己は先ほどよりもくだけた表情を見せた。

「言い忘れてました。立夏さん、おはようございます」

「……おはようございます。でも、オフィスでは呼び方を改めていただかないと困ります」

「ふたりきりだから、問題ないでしょう？　ああ、いきなりチームに引っ張って怒ってます？　いや、驚いていると言ったほうが正しいですかね」

　にこにこと邪気を感じさせない笑顔で言われ、二の句が継げない。今回の打診についても驚いているが、表情に出ない立夏の感情を見抜く目の前の男に対する驚きのほうが強いかもしれない。それともうひとつ、彼の態度の変化にも驚いている。

「課長は……本当に、切り替えがお上手ですね」

「ありがとうございます。褒め言葉として受け取っておきます」

「褒めてはいませんけど、感心はしています」

土曜日に克己とデートした日。迎えに来た彼に、流れで『にゃん太郎チョコ』が昔から好きだったことを話した。だが、まさかそれをこんな形で活かしてくるとは思わなかった。

「立夏さんは、あまり自分のことを話しませんよね。でも、何が仕事に繋がるかわからないですし、他人と関わりを持つことは必要だと思いますよ」

「おっしゃる通りです……返す言葉もありません」

部長がいるときと違って口調も態度も素の克己だったが、立夏にかける言葉は〝上司〟としてのそれだった。

やはり彼は、昇進するべくして昇進した男なのだ。入院したリーダーからチームを任されるほど信用されていることからも、それが窺える。それに、何気ない話をきっかけとして、部下である自分に仕事を与えることを思いついた。それは、立夏にはない発想で、彼のコミュニケーション能力ゆえの発想ともいえる。

「ご迷惑をおかけしないよう努めます。ご指導お願いいたします」

改まって頭を下げた立夏に、克己は表情を崩した。

「これからは、仕事でも一緒にいる時間が増えます。……使える職権は乱用しますから、そのつもりで」

「な……」

克己は持っていた資料の束を机に置くと、立夏に近づいた。近づかれた分退くと、さらに距離を詰められて壁を背負ってしまう。

　彼から漂うシプレ系の香りが、それだけ至近距離にいることを嫌でも意識させる。

「……退いてください、課長。オフィスでこういうことをされては困ります」

「オフィスじゃなければいいんですか？　それとも、上司として命令したほうが貴女には効果的かもしれませんね」

　するりと首もとを撫でられて、肩が震える。克己は微笑むと、軽く頬に口づけを落とした。

「課長……っ」

「朝の挨拶ですよ。では、仕事の話をしましょうか」

　克己は立夏の反論を聞く前に、持っていた資料の束を机に広げ始める。

（朝の挨拶で頬にキスするなんて、どこの外国なのここは……）

　またしても克己の切り替えの早さを目の当たりにした立夏は、ますます彼に振り回されそうな予感がしていた。


　七月も下旬に差しかかり、関東地方はようやく梅雨明けが宣言された。

　暴力的なまでに燦燦と輝く太陽が容赦なく体温を上げていく中、立夏は今日の段取りを確認しつつオフィスまでの道のりを歩いていた。

（パッケージのデザイン候補の確認と、それから……）

克己から、記念事業のプロジェクトチーム入りを命じられて二週間。その間、立夏はめまぐるしい日々を送っている。

途中からチームに入ったことで、周囲と上手く連携が取れるか心配だった。だが、リーダーとなった克己が、最初に「クールに見えますが、渡辺さんは誰よりも『にゃん太郎チヨコ』愛を持っています」と、部長に語ったのと同じ内容を周囲に説明し、立夏をチームに溶け込ませてくれた。お蔭で、チームのメンバーも親近感を持って接してくれている。

頭の中で反すうしていたとき、ポンと肩をたたかれた。振り返れば、日傘を片手にひろ子が立っている。

「おはよ、立夏。朝から日差しがきついのに日傘差してないの？」

「うん。面倒だし。それよりも、ひろ子に会うの久しぶりな気がする」

日傘を差し出すひろ子に苦笑しつつ、少しだけ影を分けてもらう。ひろ子は肩をすくめると、少し膨れたように言った。

「だって立夏が忙しそうだから、家に行くの遠慮してるのよ。どう？　記念事業のほうは」

「うん、北條課長のお蔭で、なんとかなってる」

「そう、それね。なんか最近の立夏は、北條くんと縁があるよねえ」

不思議そうに呟くひろ子に、「そうだね」と言うだけに留めた。彼女を信用していないわけではないが、自分の気持ちも曖昧なのに、それよりもっと曖昧な彼との関係を説明する言葉がないからだ。

するると、まるで助け舟を出すようなタイミングで、件の男の声が背中から聞こえた。

「おはようございます、渡辺さん。小池さん」

「……おはようございます、課長」

ちょうど噂が出ていたところだけに、なんとなく気まずい思いで挨拶を返すと、社屋のエントランスに着いて日傘を閉じたひろ子が、興味深そうに克己に声をかける。

「北條くん。ちょうど貴方の噂をしていたところなのよ」

「へえ……どんな噂です？」

話に乗ってきた克己に、ひろ子は小声で答えた。

「立夏と縁があるって話よ」

「ちょっと、ひろ子……変なこと言わないで」

小声とはいえ、誰が聞いているかもわからない場所で迂闊なことを言わないで欲しい。その思いで軽く睨むと、ひろ子は悪戯な笑みを浮かべた。

「はいはい。立夏は真面目なんだから。じゃ、時間できたら連絡してよ。北條くんも、今度飲みに行きましょう」

ひろ子は言いたいことだけを言うとふたりに手を振って、同じ課の人間と挨拶を交わしている。

(まったくもう、変なこと言って……余計に意識しちゃうじゃない)

エレベーターを待つ間、克己を見られずに俯いていると、隣の彼が笑った気配がした。

「小池さんと仲がいいんですね。確か同期でしたっけ?」

「ええ、そうなんです。同期の女性社員は、今ではもう彼女とふたりだけなので……だからよくお互いの家に遊びに行くんです」

「いいですね、そういうの。俺の同期は、ほとんどが地方へ異動になっているんです。だから、なかなか集まれないんですよ。唯一本社に残っている同期が、記念事業メンバーの田辺今日子だけなので」

話をしながらエレベーターに乗り込むと、立夏たちは押し込まれるように一番奥へ進んだ。商品開発課は上階のため、しばらく各階止まりのかごの中でジッとすることになる。

(そういえば、さっきひろ子が飲みに行こうって言っていたけど……課長は行くのかな)

克己が答える前にひろ子が立ち去ってしまったため、彼が行くのかどうかわからない。もし彼がひろ子とふたりきりで飲みに行くとしたら――そう思うと、立夏はなんだかもやもやとした気分になった。もちろんひろ子には彼氏がいるし、克己とどうこうなる心配はないのだが。

(……って、心配って何!? これじゃあわたしがヤキモチを妬いているみたいじゃない)

自分の考えたことに動揺して、小さく首を振ったときだった。

隣から伸びてきた手に、指を絡めるように握られた。

「……っ」

息を呑んでそっと隣を見上げると、克己が人さし指を自身の唇に押し当てている。

エレベーターでは大抵の場合、階数表示板を見ている人が多い。一番後ろに乗っている立夏たちを気にしている人間などいないだろう。

それをいいことに、克己は絡めた指を意味ありげに動かした。扱くように指先を撫でまわしたり、親指の腹で手のひらをくすぐるように弄られる。

（誰も見ていないからって、オフィスでこんな……）

抗議しようにも他の社員の目があるため憚られ、隣で涼しい顔をしている克己を睨むのが精いっぱいだった。

「渡辺さん、着きましたよ」

克己は何事もなかったように手を離すと、立夏に声をかけてきた。完全に楽しんでいる表情の彼にムッとしてエレベーターを降りると、克己が小声で言った。

「小池さんとふたりで飲みには行きませんよ。安心しました？」

「……べつに、わたしは心配していませんから」

余裕めいた口調で言われ、声に険がこもる。克己は立夏の態度に構わずに、さらに続けた。

「でも、貴女の情報を教えてくれるなら、小池さんの誘いに乗ってもいいかもしれませんね。……貴女も、小池さんくらいにフランクに接してくれていいんですよ?」

「そんなこと、わたしは……」

立夏が言いよどんだとき、オフィスから出てきた社員が克己の姿を目に留めると、声をかけてくる。

「課長、営業との打ち合わせの時間なんですが……」

「ああ、はい。このあと、記念事業チームの会議があるので、そのあとにこちらから伺います」

克己はすぐに態度を改め、課長としての顔つきになる。目礼してオフィスに入ろうとすると、彼の声が追ってきた。

「渡辺さん、会議の前にちょっと話があります。早めに会議室に来ていただけますか?」

「わかりました」


克己の命令で早めに会議室に向かった立夏は、妙に緊張していた。

朝は他の社員もいたため言及は避けたが、『話がある』という彼の言葉が気になっている。

(まさか、プライベートな話をするわけじゃないでしょうね……)

何かと彼は立夏にちょっかいをかけてくるため、身構えてしまう。そうでなくとも、最近克己の前だと感情のふり幅が大きい。あまり動揺させないで欲しいものだが、そう言って止めてくれる男ではなさそうだ。

しかも克己は、立夏が感情を見せるのを楽しんでいる節がある。そのくせオンとオフはしっかり切り替える男だから、立夏ばかりが動揺する羽目になる。

（……お蔭で、結婚式のときに感じたみじめな想いはすっかり忘れていたけどね）

まだ克己が来ないため手持ち無沙汰になった立夏が、会議で使うホワイトボードとプロジェクターをセットしつつため息をついたとき、会議室のドアが開いた。

「すみません、お待たせしました」

「いえ……それで、お話というのはなんでしょうか」

「ひとまず座ってください。それからお話しします」

克己に言われて腰を下ろすと、彼は立夏の傍らに立って長机の上に一枚の紙を置いた。

「これは？」

「今週末に、関西支社に出張に行っていただきたいんです。よろしければ、この申請書に署名していただけますか」

「出張は構いませんが……どうして関西に？」

「記念事業チームの一員として顔見せと、打ち合わせですね」

克己の話では、週末に関西支社で、創業記念商品の関西限定バージョンの社外試食会があるという。関東をはじめとする地方それぞれのパッケージに、イメージキャラクター

『にゃん太郎』のご当地バージョンがデザインされた商品を作ることになっていた。

「この出張では、社外向け試食会への参加、それにテレビＣＭと動画共有サイト向けに配信予定の動画に関する打ち合わせが主な仕事内容になります」

「動画配信は、確か課長が提案されたんですよね？」

「ええ。うちの社は、宣伝といえばまずテレビ用のＣＭを考えます。ですから上を説得するのに骨が折れましたが、それは前のリーダーの協力もあってなんとか承認を得ました」

従来のテレビＣＭに加えて動画共有サイトに動画を配信するアイデアは、立夏がまだチームに入る前に提案された案だが、当初重役たちの間では効果が疑問視されていた。しかし、テレビＣＭはファミリー向けには効果的である一方で、若者への訴求力に欠けることは否めない。

そこで、昨今のＳＮＳによる拡散力、そして口コミによる宣伝効果を上層部に説いた。地方自治体が観光用に作成したＰＲ動画が話題となり、その土地に観光客を呼び込むことに成功していることなどがメディアで取り上げられていたことも後押しになり、上層部の説得に成功した。

十月に予定されているマスコミ向けの創業記念事業の商品発表会では、動画配信も同時に発表されることが決まっている。配信内容についてはまだ煮詰まっていないが、イメージキャラクターを使用した動画ということで調整している最中だった。

「わかりました。ですが、試食会はともかく、ＣＭについての打ち合わせがわたしだけでいいんでしょうか」

　申請書に署名した立夏が克己を見上げて問うと、彼は首をかしげた。

「いいえ、渡辺さんひとりではありませんよ。もちろん、俺と一緒の出張です」

「えっ……」

「動画配信は俺の提案なので、俺が行くのは当然でしょう？」

　にっこり笑った克己を見て、してやられた感が湧き上がる。

「……だったら最初からそう言ってください」

「最初から俺と一緒だと言ってしまうと、断られる可能性もありますし、ね。ちなみに金曜の夜に一泊して、翌日直帰です。……立夏さんと初めて泊まるのが出張なのは味気ないですが」

「……わたしは、公私混同はしません」

　克己と出張だからといって、断るようなことはしない。そう言おうとすると、立夏より先に彼が話しだす。

「俺は、公私混同しますよ。もちろん立夏さん限定ですが、使えるならなんでも使います。それで、貴女が手に入るなら使わないと損でしょう？」

　彼は、仕事のことを語るのと同じくらいに真剣な口調だった。からかったかと思うと、こちらが怯むほど真っ直ぐに気持ちを伝えてくる。

「ただ、誤解して欲しくないんですが、貴女をプロジェクトチームに引っ張ったのは、純粋に一緒に仕事がしたかったからです。『にゃん太郎チョコ』に愛着を持っている立夏さんが記念事業に携わることで、他のメンバーにもいい影響が出ると思いました。そこは、上司として信じて欲しいところですが」

「そこまで……北條さんがわたしを買ってくださる理由がわかりません。プライベートのことだって……」

「仕事上の理由は、先ほど言った通りです。プライベートのことであれば、答えはひとつですよ。……貴女が好きだからです。何度もそう伝えているのに、どうして信じてくれないんです？」

「……」

それは、立夏が自分自身で、女として想われるような価値がないと思っているからだ。しかしそれを言うと、過去の恋愛にまで言及しなければならない。そんな情けない話を彼に聞かせたくなかった。

押し黙る立夏に、克己は静かに告げた。

「信じられないなら、何度だって言いますよ。立夏さん、好きです。俺のものになってください」

「北條さ……」

克己は腰を折ると、立夏の顔をのぞき込んできた。こうして彼を間近に見ると、たちまちキスをされた感触が蘇り、自分でもわかるほど頬に熱が集まってしまう。

この男の前では、可愛げのないはずの自分が、まるで恋を知ったばかりの少女になったような気分にさせられる。

（きっと、わたしは……この人のことを……）

熱を孕んだ視線が絡み合い、互いに動けない。鼓動はどんどん速まっていき、ふたりの間に濃密な空気が漂った。

そのとき、会議室の静寂が、開いたドアによって破られた。

「あれ？　課長と渡辺さん、早いですね」

「ちょっと、週末の出張の件で打ち合わせしてたんです」

克己はまったく動じずに、会議室に入ってきたチームのメンバーと会話をしている。それでもまだ呆然としている立夏に、克己が出張申請書を掲げて微笑む。

「渡辺さん、出張の件、お願いしますね」

「……わかりました」

立夏がまだ上手く意識を切り替えられないというのに、克己はすでに甘い雰囲気は微塵も感じさせない。

（こっちは心臓がまだドキドキしてるっていうのに……！）

八つ当たりだとわかっていても、立夏はしばらく心の中で文句を言っていた。

そして週末。立夏は克己とともに、関西支社へ赴いていた。

まず会議室で社外向けの試食会が行われ、ふたりで参加した。商品を搬入する店舗の責任者や社員らを招いてのヒアリングは、おおむね好評を得ている。記入されたアンケート結果をタブレット端末に入力していると、支社の部長が克己に声をかけてきた。

「北條さん、本日はわざわざお越しくださってありがとうございます。急にリーダーを引き継がれて、何かとお忙しいでしょう」

「いえ、こちらこそ、急なことでご挨拶が遅れて申し訳ありませんでした。ぜひ今後も関西支社の皆さんにはお力添えをいただければと思っています。部長、彼女が新たにチームに入った渡辺です。渡辺は、オフィスでも食べているほど『にゃん太郎チョコ』のファンなんですよ」

「ほう！　それはそれは光栄だ。じつはね、あのチョコは私の父が企画したものなんですよ。あのキャラクター名をつけたのも父でね」

「えっ……それは存じ上げませんでした」

思いがけない情報に内心驚きつつ克己を見ると、彼は知っていたらしく微笑んでうなずいた。

「部長が今回の創立記念事業に並々ならぬ熱意を持っていらっしゃるように、私も渡辺も熱意を持って取り組んでいますが、今回直接部長にお会いして、ますます我々の士気も高まります」

「そう言ってもらえると、父も喜びますよ。もちろん、私もね。ああ、そうそう。北條さんの動画配信企画の提案は、うちの若手も興味を示していてね。内容についての企画書が上がってきたんだが、そちらでも検討してもらえますか」

「承知しました。持ち帰って検討させていただきます」

「頼みます。今回は、我が社の節目の事業ということもあるが、なかなか楽しい仕事です。いや、いつも楽しんで仕事ができれば一番なんですけどね」

部長は克己の倍はある年齢の割に、かなり気さくだった。恰幅のいい身体を揺すらせて笑うと、「もし時間があれば、今晩連れて行きたい店があるんだが」と、誘ってくれる。

「ありがとうございます。ぜひ、ご一緒させていただきます」

完璧な笑みを作って答える克己の横で、立夏も頭を下げた。

その後何件かの打ち合わせを終えると、部長に連れられてきたのは創作串かつ屋だった。座敷に案内されると、すぐにシャンパンが運ばれて三人で乾杯をした。

「それでは、記念事業の成功を祈って、乾杯」

克己の音頭で三人がグラスの縁を合わせて乾杯すると、部長はご機嫌な様子であっという間に飲み干してしまった。

「せっかく関西まで足を運んでくださったんだ。今夜は楽しんでください」

「ありがとうございます」

克己とふたりで頭を下げたとき、前菜、ローストビーフの三種盛りが運ばれてきた。

高級な食材を使った贅沢なコース料理で、ブランド牛を始めとしてハモやアワビなどの海鮮類など、様々な種類の串かつを味わうことができた。

「串かつとシャンパンって合いますね。それに、キャビアがのっている串かつなんて初めて食べました」

立夏が舌鼓を打つと、克己が同意する。

「こういった創作料理は、我々の仕事にもいい刺激になります。スナック系の商品のフレーバーを考えるとき、いろいろな料理店へ参考のため通ったことがあるんですが、こういった創作の串かつ屋のアプローチも参考になりますね」

「そう言ってもらえると、連れてきた甲斐があります。私も、なかなか若い人とこうして飲む機会がないのでね。いろいろ話をお聞きしたいと思ってるんですよ」

部長が相好を崩したとき、携帯の着信音が鳴った。部長はポケットから携帯を取り出すと、「少し外します」と言って席を立つ。

個室にふたりきりになると、克己は表情を崩した。

「いい方でしょう？　部長も貴女と一緒で、『にゃん太郎チョコ』を大切に想っている方ですよ。会ったときは、いつも刺激になります」

「……だから、わたしを出張に連れてきてくださったんですか？」

「そうですね。それも理由のひとつ、かな」

　意味ありげな視線を向けられた立夏は、別の理由についての言及は避けた。これまでの克己とのやり取りで、ふたりきりでいるときの彼は、ところかまわず口説いてくると学んでいるからだ。

「課長、全然シャンパンを飲んでいませんね。ぬるくなってしまいますよ?」

　話を変えようと、テーブルの上にある克己のグラスに目を向ける。彼のグラスは、先ほど乾杯したときに飲んだひと口分しか減っていない。

　克己にシャンパンを注ごうとしてボトルに手を伸ばすと、立夏よりも先に彼がボトルを手にした。そして、空になっていた立夏のグラスに注いでくれる。

「ありがとうございます。課長も……」

「いえ、お気遣いなく。俺のグラスには、まだ残っていますから」

　笑顔でやんわりと克己に止められたとき、部長が電話から戻ってきた。

「ふたりとも、申し訳ないですね。さあ、どんどん食べて飲んでください。北條さん、全然酒が進んでないじゃありませんか」

「いえ、いただいていますよ。部長こそ、飲んでください。せっかく席を設けていただいたので、いろいろお話も伺いたいです。そういえば、『にゃん太郎チョコ』の誕生秘話を部長から教えていただいたと、こちらのプロジェクトチームの方からお聞きしましたが」

「ああ、関西支社のチームが発足するときに、チームのメンバーに話して聞かせたんですよ。といっても、私も父から聞いた話ですがね」

　克己が水を向けると、部長が喜々として語り始める。

　開発当初は、イメージキャラクターをネコにするかイヌにするかでひと悶着あったこと。何度も会議を重ねてネコに決まったはいいが、今度は名前を決める際にまた揉めたことなどを、笑いを交えて話してくれた。

「ようやく決まった名前が、『にゃん太郎』だっていうんですから、当時の苦労がしのばれますよ。大の大人がひざを突き合わせて、やれ『にゃん次郎（じろう）』がいいとか、いや『ネコ乃介（のすけ）』がいいとか、真面目に会議していたというんですから」

「確かに、今ならまったく違うネーミングになりそうですね。ですが、時代を感じる名前だからこそ、懐かしいと感じる方も多いはずです。いい名前です」

「父に伝えたら喜びますよ」

　克己が「光栄です」と返すと、部長が楽しそうに笑って彼のグラスにシャンパンを注ぐ。

（課長は、話の引き出し方が本当に上手だな……）

　自分たちが携わる記念事業は、『にゃん太郎チョコ』の存在なくしては語れない。それに、立夏もおおいに興味のある話題であるし、部長も父の携わった商品を誇りに思っている。それを心得ているから、彼は話を聞き出しているのだろう。

　先ほど部長は、「若い人と飲む機会がない」と言っていたから、克己のような若手と酒を酌み交わすのが楽しいのか、しきりに酒を勧めている。克己も心得ているようで、一度は断った酌を受けてグラスに口をつけていた。

　こういう席でも如才なく振る舞う克己に感心してしまう。すると、部長の話を聞いていた克己が、何かを思いついたのか部長に笑みを向ける。

「その誕生秘話を配信動画に組み入れる、というのはどうでしょうか。もちろん、許可がいただけるのであれば、ですが」

「ええ、それは構いませんが……」

　部長の承諾を得た克己は、「まだ思いつきの段階ですが」と前置きしたうえで、イメージキャラクター誕生秘話を用いた演出方法を話して聞かせている。

　彼の率いるチームに入って気づいたが、克己は仕事に対してストイックだ。普段は自身で〝処世術〟だと語ったように周囲と協調しているが、仕事に関しては衝突もいとわない。もっとも、相手を上手く自分のペースに嵌めて事を進めているから、衝突はほとんどない。それも克己の手腕なのだろうと思う。

「では、本社に戻って提案書を作成し、週明けの会議でさっそく上に話を通します」

「いやあ、まさか父の話が役に立つとはね。北條さんの発想には恐れ入りました。この調子だと、このプロジェクトが終わったころにはまた辞令が下りるんじゃありませんか？」

「そうなればいいですが、今は記念事業を成功させることだけしか考えていません」

「謙虚なところも、ますます好感が持てますな」

　おおいに盛り上がっているふたりの会話の邪魔をしないようにしつつ、立夏は克己の凛凛しい横顔を眺めていた。

（ちょっと飲み過ぎちゃったな……）

串かつ屋を出て部長と別れると、克己と立夏は宿を取っているホテルに足を運んだ。駅の近くにあるビジネスホテルをふた部屋予約してある。串かつ屋に行く前にチェックインしていたため、あとは互いに部屋に戻って休むだけだ。

だが——。

（課長、どうしてさっきから無口なんだろう……？）

ふたりきりになったときの克己は、常に立夏の動揺を誘う言動をしていた。しかし今の彼はうつむき加減で、いつもとは明らかに違っていた。

「それでは課長……お疲れ様でした」

「ああ……はい。お疲れ様でした」

どこか上の空で挨拶を返された立夏は、怪訝に思って彼を見上げた。克己は視線にも気づかない様子で、スーツのポケットから取り出したカードキーで部屋を解錠しようとする。

だが、カードリーダーに翳そうとして、カードを落としてしまった。

「あの、課長……どうかされたんですか？」

カードを拾った立夏がそれを差し出し、正面から克己を見つめる。すると、その目はどこか虚ろに充血していることに気付く。

「課長……もしかして、酔っているんですか？」

立夏はカードリーダーにカードを翳し、克己の部屋を解錠した。ドアを開けて彼を促すと、克己はベッドに座り込んで息をつく。

「じつは俺、アルコール弱いんです。顔には出ないんですが、ビール一杯飲んだ程度でも、頭が痛くなってくるんですよ」

「え……」

酔っているのではないかと思っていたが、そこまで酒に弱いとは予想外だった。驚いた立夏は、すぐに冷蔵庫から水を取り出すと、克己に手渡す。

「とりあえずお水飲めますか？　そんなにお酒に弱いなら、そう言ってくれればよかったのに……」

「いつもは上手くかわしているんですよ。でも、部長があまりにも嬉しそうに話されていたもので、お断りするのも申し訳なかったんです」

克己は部長に勧められた酒を断っていなかった。ゆっくりとしたペースで飲んでいたけれど、ビール一杯が許容量だという彼にしては明らかな深酒をしていたことになる。

「事前に教えてもらえれば、私が課長の分までお酒を引き受けられたのに。その……私は、お酒が弱いほうではないですし」

「結婚式では、酔っていたのに？」

「あれは……」

ただ無性にみじめな気分になって、深酒してしまっただけだ。飲み会などの席に参加しても酔った姿など他人に見せたことはなかったし、ひろ子と家飲みするくらいだから酒には耐性がある。そう反論すると、克己はふっと苦笑した。

「わかってますよ。でも……俺は貴女の上司ですが、その前にひとりの男です。好きな女性に自分の分まで飲ませるなんて、そんなことできるはずないでしょう」

克己は、「ただの意地なんで気にしないでください」と続けると、ペットボトルの蓋を開け、一気に水を喉へ流し込んでいった。喉仏が上下するのが色っぽく、つい目が釘づけになった立夏は慌てて目を逸らす。

常に飄々として立夏を動揺させる術に長けている彼でも、明らかに自分にメリットがない意地を通すことがあった。しかも、自分のことでと知って、いやが上にも鼓動が速まる。

「……もし具合が悪いようなら、薬を買ってきますけど」

「大丈夫です。少し休めばよくなるので……その間、ちょっとだけ話に付き合ってもらっていいですか」

克己に乞われた立夏はうなずくと、窓際にあった椅子を持ってきた。ベッドの脇に置いて座ると、彼が小さく微笑む。

「隣に座ってくれてもいいんですよ？」

「……ここでいいです」

水を飲んだことで多少落ち着いたのか、克己にいつもの調子が戻っている。安心した立夏だが、別の心配が頭をもたげる。彼の隣に座ったら、この鼓動が伝わってしまいそうだ。

頑なな態度の立夏に、克己は気分を害した風でもなく静かに話し始める。

「ずっと、気になっていたんです。立夏さんは、どうして恋愛に対して及び腰なのか」

結婚式で涙ぐむほど自身の状況を寂しく思っているのに、克己の告白を受け入れなかった。恋愛をするつもりがないように見えないのに、どうして恋愛に対して及び腰なのかが不思議だと克己は言う。

「教えてください、立夏さん。貴女が、恋愛に臆病で……自信がなさそうな理由」

「それは……」

立夏の脳裏に、大学時代の恋愛が蘇ってくる。自然と膝の上で拳を作り、握りしめた。

唯一経験した恋は苦い思い出となって、いまだに女としての自信を失わせている。それを異性――克己に話すのは、やはり勇気がいる。彼ならば立夏が囚われている過去を笑うことも茶化すこともないだろう。そう思えるくらい信用はしているが、女としてダメな部分をさらすには抵抗がある。それは、立夏の女性としてのプライドだった。

しかし――。

「立夏さん」

克己は腰を上げてその場に跪くと、立夏の手に自分の手を添えた。手の甲に感じる彼のぬくもりはやさしく、立夏はふっと強張りを解いて口を開いた。

「……聞いても楽しい話ではありません」

「立夏さんに関する話なら、聞きたいんです。貴女からどんな話を聞こうとも、すべて受け止めます。だから、話してもらえませんか？」

「課長……」

　そこまで言ってくれる男を前に、自分のプライドなどくだらないものに思えてくる。何よりも、目の前の男は立夏のために意地を通し、苦手な酒を飲んでくれたではないか。

　ここで話さなければ、もう二度と過去と向き合う機会はないかもしれない。一瞬ためらった後、立夏は大学時代の彼氏のことを話した。

　感情が表情に出ないことで、振られてしまったこと。その後も、言い寄ってきた男性から「可愛げがない」と言われたこと。そういった経験が尾を引いて、気づけば女として自信を失っていたことを包み隠さず語った。

「……だから、課長から告白されても、素直に受け取ることはできませんでした。恋愛をして、また傷つくのが怖いんです。三十も手前になって、何言ってるんだって感じですけどね」

　克己に惹かれているし、彼は本気だと感じている。でも、受け入れる勇気がない。自分に自信がないのだ。それに自分は彼よりも年上で、たとえ付き合ったとしても長くは関係が続くはずがないという思いが捨てきれない。

「私は、可愛げもないしつまらない女なんです。課長に好きだと言ってもらえるような、素敵な女性じゃありません」

自嘲的に笑って見せると、克己はおもむろに立ち上がった。そして立夏の手を引くと、強く抱きしめる。

「……話してくれてありがとうございます。でもね、立夏さんは勘違いしていますよ。貴女が付き合った男も、これまで言い寄ってきた男も、俺に言わせれば馬鹿な男です。立夏さんがこんなに可愛い女性だって気付かないいんですから。……わかりますか？　俺、すごくドキドキしているでしょう？　貴女に触れているからですよ」

「あ……」

克己の腕が、力強く立夏の背中を抱いた。彼の胸に耳を押し付けるような格好で抱きしめられていると、自分のものではない鼓動が伝わってくる。通常よりもずっと早く刻まれる鼓動に、克己の言葉が偽りではないことを知る。

「俺は、つまらない女性に手間をかけるほど暇じゃありません。貴女が魅力的だから、告白したんです。普段毅然と仕事をしている貴女が、俺といるときに無防備な笑顔や照れた顔を見せてくれるのが嬉しいです。全部、俺だけのものにしたい」

「課長……」

「ふたりきりのときは、役職で呼ばないことって言いませんでしたか？」

彼は少し身体を離すと、立夏の顔を見つめた。少し目もとが赤らんで、熱を帯びている。本能的に男の欲望を感じて視線を外そうとしたとき、克己はそれを阻むように唇を重ねた。

「んっ……ぅっ」

　いきなり深く口づけられて、くぐもった声が漏れる。挿し入れられた彼の舌は立夏のそれを絡め取り、能動的に動き回る。

　初めてこの男とキスをしたときも、驚きこそすれ嫌悪はなかった。彼の匂いも体温も立夏には心地よく、気を抜けば腰から崩れ落ちてしまいそうだ。

「北條さ……」

　息苦しいほどのキスに呼吸を荒げ、彼を見上げる。克己は艶やかな笑みを浮かべると、立夏をベッドに押し倒した。

「好きです、立夏さん……貴女も俺のこと好きでしょう?」

　膝立ちで見下ろしてきた彼が、熱のこもった声で囁く。確信しているような物言いを否定できないのは、立夏の心を的確に言い当てているからだ。

（わたし……課長が……北條さんのことが好き……）

　結婚式の二次会で、いち早く立夏の異変に気づいた克己は、その後も何かと構ってきた。時に強引過ぎる振る舞いに戸惑ったけれど、常に彼は気持ちを伝え続けてくれた。

　可愛げのない態度を取っても意に介さず、どんどん心の中に踏み込んでくる男。自分でも行きすぎていると思うネコグッズの収集も認めてくれて、いい年をして恋愛に臆病だと白状しても受け止めてくれる。

「……好きです。北條さん。貴方のことが……好き」

まだ女として自信があるわけじゃない。けれど、克己が差し出してくれた真心は、立夏の臆病な心をやさしく包み込み、素直な気持ちを伝える勇気を与えていた。

「……ああ、やっと伝わった」

立夏の告白を聞いた克己は、噛みしめるように呟いた。破顔した彼は立夏にのしかかってくると、シャツの裾から手を忍び込ませる。

「俺のほうが好きですよ……ずっと、こうして触れたかった」

「あ……んっ」

ブラの上からやさしく胸を揉み込まれ、先端が布に擦れて切なく疼く。どんどん硬く尖っていくのを感じた立夏は、恥ずかしさで彼の手を押し返そうとする。けれどもその手をつかんだ克己は、ちゅっと音を立ててキスを落とした。

「ダメですよ、立夏さん。俺……止まりませんから」

「え……きゃ……っ」

彼は首筋に顔を埋めると、シャツのボタンを外していった。シャツがはだけて露わになったブラを両手で覆い隠したとき、克己が咎めるように耳朶を甘噛みする。

「あっ、ん」

ビクッと腰を跳ねさせると、その隙にパンツを抜き取られた。鮮やかな手際に思わず感心して彼を見上げると、克己が自身の纏っているスーツを脱いで床に放る。

程よく鍛えられた上半身に、立夏は釘づけになった。彼の身体はプールでも見ているはずだが、ベッドの上で見るとまた印象が違う。より色気を帯びているようで、見ているだけで熱が上がりそうだ。

「触ってみますか?」

視線に気づいた克己が、立夏の手を自身の胸へ導いた。少し汗ばんだ張りのある肌に触れた立夏は、しばしそのままの体勢で見惚れてしまう。

「綺麗……」

「貴女のほうがよっぽど綺麗ですよ」

彼は立夏の手を下げさせると、ブラを押し上げた。零れ落ちた胸に、直接舌を這わせてくる。

「やっ……あぁっ」

結婚式の二次会では手で触れられるだけだった胸の先端を舌で転がされ、甘い痺れが全身を巡っていく。初めて他人の舌で触れられたそこは硬く尖り、誘うかのように淫らに勃ち上がる。

「北條さ……んっ、はぁっ……わたし、シャワー……浴びてない……から……っ」

いくら大半を室内で過ごしていたとはいえ、真夏だから汗もかいている。それなのに直接舌で舐められるなんて、さすがに抵抗があった。

それでも克己は行為を止めず、立夏に見せつけるように上目で胸の尖りを口に含んだ。先端を軽く食(は)み、舌で舐めまわす。双丘を交互に愛撫された立夏は、初めての感覚にただ声を上げるしかできない。

「あっ、やぁ……ダメぇ……っ」

唾液に濡れた胸の先はいやらしく、それが余計に快感を煽っている。まだ触れられていない下腹部がジンジンと疼き、ショーツの中はしとどに濡れていた。

「素直な反応ですね……可愛いですよ、立夏さん」

「そ、んな……こと……」

「だったら、確かめてみましょうか」

克己の目が、獲物を狩る獣のような獰猛さを孕んで立夏を見つめた。手足の自由を奪われたような心地で彼の視線を受け止めると、彼は口の端を引き上げて立夏の腰を唇でなぞった。

「んっ、くすぐった……あんっ」

腰骨まで唇が到達すると、今度は両足を持ち上げられる。頭の脇に膝がつく格好をさせられたかと思うと、彼はショーツの紐を解いて剥ぎ取ってしまった。

「や……っ」

「ほら、俺に感じて濡れてますよ？」

薄い布に覆われていたそこは、彼の指摘通り隠しようのないほど蜜が溢れている。こんなところを見られて泣きたいくらい恥ずかしいはずなのに、立夏の内奥は羞恥すらも快感を得る手段にしているようで、蜜口は淫らにヒクついていた。

「いっぱい感じてください。俺も、そのほうが嬉しい」

克己はそう言うと、ためらいなく恥部に顔を埋めた。足の付け根を舌で舐め上げつつ割れ目を指先で左右に開き、ひっそりと息づく花芽の包皮を剥いた。剥き出しになった花芯が彼の吐息を感じて小さく震える。まとわりつくような視線を感じていっそう内壁がいやらしく濡れたとき、克己の舌先が淫芽を掠めた。

「んっ、あぁっ……！」

峻烈な刺激を受けた立夏は喉を逸らせ、ぎゅっとシーツをつかんだ。誰にも見せたことのない場所を克己に見られただけではなく、舐められている。止めて欲しいのに、身体は意識を裏切って、悦楽を求めて蜜を溢れさせた。

「北條さ……こんな……恥ずかしい……から……ぁっ」

鼻から抜けるような甘ったるい声で制止するも、彼の行為は止まらない。敏感なつぼみを口腔に招き入れ、執拗に舐め転がされる。与えられる悦楽の強さに、目の前がくらくらしてきた。奥処がはしたなく疼き、淫悦をねだるかのように収縮した。

「んっ、はぁっ……も……そこ、は……ぁっ」

「美味しいです。立夏さんの味がして」

とんでもない台詞を吐いた克己は顔を上げると、舌で自身の唇を舐めた。目の前の男が強く自分を求めていることを感じて、立夏は目が離せなくなる。

彼は自分の指を舐めてから、立夏の割れ目にそれを沈ませた。濡れそぼる蜜口に指をそっと差し入れられた立夏は、異物感に息を呑む。

「あっ……ぅっ」

何物も受け入れたことのない蜜口は、それまでの愛撫でやわらかにほぐれていたものの、それでも小さな痛みがあった。克己はそれを敏感に察したのか、快感の芽を指で弾く。花芽を弄られると身体は弛緩していき、彼の指をどんどん呑み込んでいく。

男にしては細くしなやかな指が体内に埋められ、ぐるりと円を描く。蜜をかき出すような動きに内壁が窄まり、立夏はふたたび甘い声を漏らした。

「あっ、やぁ……ん……っ」

「上手に俺の指を呑み込んでくれましたね。襞が絡みついてきて、いやらしいですよ」

克己はあえて、立夏が羞恥を感じるような言葉を選んでいるようだった。その思惑通り、立夏は男の指を締め付ける。

「ん、あ……っ」

「力を抜いて。立夏さんのいい場所、俺に教えてください」

「そ、んなこと……わかりませ……んっ」

「それなら、俺が探します。立夏さんの弱いところ」

くちゅくちゅと淫らな音を立て、彼の指が中をかき混ぜる。それだけでも胎(はら)の奥が熱く蕩けていきそうなのに、克己はさらに花芽にも刺激を加えてくる。

「そこ……やぁっ……」

「立夏さんは、ここが好きですね……もうシーツまで染みてますよ？」

　克己の指が、腹の内側をグッと押した。その部分を擦られると、密度の高い快感が下腹部に溜まっていく。最初は異物だった指先を、この短い時間ですっかり受け入れている。自分の身体はこれほど淫らだったのかと、かすかに残る理性が恥じた。

「北條さ……んっ」

「色っぽいですね。……もう少し焦らして慣らそうと思っていたのに、我慢できなくなる」

　克己の指が突然引き抜かれ、立夏はビクッと腰を震わせた。散々弄られたせいで、体内は発散しきれない熱が滞っている。もっと感じたいと叫ぶかのように内壁がひくひくと蠢いて、立夏は無意識に彼を呼ぶ。

「北條さ、ん……わたし……」

「ここまで来て、待ったは聞けませんよ？　本気で嫌なら、全力で止めますが……」

　どこか余裕のなさそうな声でそう告げると、克己はベッドから下りた。近くにあるバゲージラックの上のバッグを開くと、中から小さなパッケージを取り出して口に咥える。

（あ……）

　避妊具を目にした立夏が小さく息を呑む。彼は最後までするつもりなのだと改めて感じて、身体がきゅんと疼いてしまう。

「……立夏さん、いい？」

避妊具を装着した克己が、立夏を見下ろして尋ねる。その表情はとてつもない色気を放ち、立夏は熱に浮かされた心地でうなずいた。

彼は微笑むと、割れ目に自身を擦りつけた。薄い膜越しでも熱く感じる昂ぶりが、蜜を馴染ませるように上下に動く。彼の先端が小さく主張していた花芽を掠めるたびに立夏の唇からは甘い嬌声が漏れて、意識が克己に塗りつぶされていく。

「好きですよ……立夏さん。貴女がずっと、欲しかった」

掠れた声でそう言うと、克己の昂ぶりが蜜口に押し当てられる。次の瞬間、立夏の身体に鋭い痛みが走った。

「んっ、あぁっ……！」

凶暴なまでに熱く昂った克己自身が隘路を押し進む。身体をふたつに引き裂かれるような感覚に、堪らず立夏がシーツを握り締めると、克己の手があやすように双丘を揉みしだく。手のひらで捏ねられたふくらみは卑猥に形が変わり、硬く尖った先端と彼の手が擦れる。それが気持ちよく、痛みを訴えていた身体から力が抜けていく。

「あんっ、は……ぁっ」

克己は自身を無理にねじ込まず、立夏の痛みを和らげようとしていた。触れられているぬくもりからそれが伝わって、体内が甘く蕩け始めた。

「そう、上手です。……もう少し、我慢してください」

立夏を宥める彼の声もまた、自分と同じくらい苦しそうだ。それなのに、やさしく気遣ってくれている。大切に扱われているのが嬉しくて、気持ちに連動した身体が彼を締め付けた。

「っ、立夏さん……ただでさえキツいのに、そんなに締められるとやさしくできませんよ？」

「んっ、そんな……言われても、わかんな……」

「……こういうこと、です」

克己の腕が立夏の膝裏にまわり、体勢が変わった。大きく足を開かせられて、彼の昂ぶりが押し入ってくる。あまりの圧迫感に、立夏は喉を反らせて声をあげた。

「や……あぁっ……！」

狭隘な蜜窟を押し拡げられ、意識ごと焼かれてしまいそうになる。しかし、確かに痛みは感じているのに、彼の欲望が自分に入っているのかと思うと体内が煮え滾るように熱く昂った。胎の奥まで押し拡げられていく未知の感触に戦く間にも、雄芯はますます硬度を増していき、立夏の最奥まで到達した。

「北條、さ……苦し……」

みっしりと隙間なく埋め込まれた克己自身が、体内で脈を打っている。快感とも痛みとも判断がつかずに、立夏はただ体内に蔓延る熱を逃したくて首を振った。

すると彼は、立夏の膝裏から腕を抜くと、宥めるように頬に触れた。

「克己、です。……克己って呼んでください」

いつもなら、そんな風に言われても無理だと断っていた。年下とはいえ上司である男を、プライベートでも呼び捨てにすることなどできない、と。けれども、切なげに乞う目の前の男を見ていると、愛しさがこみ上げてくる。

「か、つみ……」

おずおずと彼の名を口にすると、克己の瞳が喜びの形に細められた。

「……いいですね。もっと呼んで」

「克、己……っ、ん、あぁ……っ」

立夏が名前を呼ぶと、克己は抽送を開始した。それまでじわじわと進んできたのが嘘のように激しく突き上げられ、シングルベッドが音を上げるように軋んでいる。それなのに視界に映る克己は、まだ余裕をたたえているようだった。視線が交わると彼が微笑み、恥ずかしさで目を逸らす。ところが視線を逃した先には、つながって抜き差しされている秘裂があった。

卑猥な光景を目の当たりにしたことで、彼を受け入れている蜜口が意図せず窄まる。すると、お返しとばかりにたっぷり蜜を蓄えた媚肉を擦られて、全身がおびただしい快感に呑み込まれていく。

「あっ……あああっ……は……ぁっ、ん！」

それまで痛みを伴っていた立夏の喘ぎ声に、甘さが混じり始めた。それを感じ取ったのか、克己はますます深く自身を穿つ。

好きな男性と身体を重ねることが、これほど自身に悦びを与えるのだと立夏は初めて知った。愛しくて堪らなくなって両腕を上げると、彼は抱きしめてくれる。

「本当に……可愛すぎです。どうにかなりそうだ」

掠れた声でささやかれ、肌が粟立つ。抱きしめたまま小刻みに腰を動かされたことで、彼の胸と自分の胸の先端が擦られて、新たな快楽を生み出していた。

汗ばんだ克己の肌も、荒い呼気も、すべてが官能に変換される。必死で彼の背にしがみつくと、克己の昂ぶりがさらなる激しさで立夏の内側を侵していく。

「あっ……そ、んな……激しく……された、ら……あっ」

彼にある一点を突き上げられて、立夏の中が大きくうねる。腹の裏側にあるざらついた部分を嵩高な彼自身で執拗に攻められて、無意識に逃れるように腰を捩ると、克己が艶やかな笑みを零した。

「見つけた……ここですね」

「あ、ああああ……っ……そこ、やぁ……っ」

脳天を突き抜ける深い悦びに襲われて、立夏は思わず彼の背に爪を立てた。その反応を愉しむように、昂ぶりが集中的に肉襞を抉ってくる。

「いい声ですよ、立夏さん……もっと俺の手で乱れ啼いてください」

「や……ぁっ、あんっ……あっ、だ……めぇっ」

意味の成さない喘ぎが漏れ、立夏の眦に生理的な涙が浮かぶ。自分の身体はすでに克己に支配され、彼の思うままに高みへと押し上げられていく。

空調が効いている室内は、ひどく淫靡で濃密な空気が満ちていた。ふたりの呼吸と肉を打つ打擲音も、穿たれるたび聞こえてくる卑猥な水音も、快感を増幅させて立夏を追い詰めていく。

「ああっ……克、己……かつ、み……っ」

甘い責め苦が体内を苛み、自分ではどうすることもできずに、助けを求めて彼の名を呼ぶ。克己はそれに応えるように微笑むと、抽送はそのままに立夏の唇を塞いだ。

「んぅっ……ふ、ぅ……っ、んん……ッ」

口内で舌を絡ませられて、息苦しいほど唇を吸われる。貪られるという言葉は、こういう行為を指すのだと、立夏は弾け飛びそうな意識でぼんやりと考える。

「んっ、ん……っ、ぅ……んん……っ」

収縮する内壁をこれでもかと強く突かれ、彼の唇の中でくぐもった声を出すしかできない。

堪えきれない愉悦が押し寄せ、最奥が蠕動する。女の悦びを存分に味わい快感の極みへと昇りつめ、立夏は腰を震わせた。

「あああ……あぁっ……――！」

身体が大きく波打つと、キスが解かれたと同時に声を上げる。霞んでいく視界には、眉を寄せて快感を堪えている男の顔があった。

「っ、く……」

膨張する昂ぶりを何度か打ち付けた克己が、短く呻いて立夏の上に倒れ込む。汗を滴らせて呼吸を乱す秀麗な彼の横顔は、すさまじく艶っぽかった。

「立夏さん……好きですよ。貴女だけを、ずっと」

克己の声を最後に、立夏の意識は途切れた。


(喉、渇いた……)

半分だけ覚醒した意識は、水分を求めていた。

ゆっくりと瞼を上げた立夏は、次に腰の痛みを感じた。その途端一気に目が覚め、激しい羞恥に襲われる。

(わたし……あのままここで眠ってしまっていたんだ)

克己と身体を重ねて達した立夏は、そのまま意識を手放していた。あちこちに残る倦怠感は克己に抱かれたことの証で、自覚するととても恥ずかしい。

本来この部屋の宿泊者である克己は、立夏を抱きしめて眠っている。もともとシングルの部屋だったため、ベッドもひとり用だから当然狭かった。しかし、こうして身を寄せ合って眠っていると安心する。

彼の胸に頬をすり寄せたとき、立夏を抱きしめていた手がぴくりと動いた。

「……立夏さん？」

「あ……起こしてしまいましたね。すみません」

立夏が身じろぎをしたことで、彼も目が覚めてしまったようだ。謝罪した立夏は、ためらいがちに呟いた
「あの……わたし、水を飲もうかと……」

「待っていてください。持ってきますよ」

克己は起き上がると、冷蔵庫の中からペットボトルを取り出した。水を差し出された立夏は起き上がろうとして、自分が何も身に着けていないことに気付く。慌てて上掛けを首まで引き上げたとき、克己が可笑しそうに笑う。

「身体はつらくありませんか？」

「は、はい。それは……なんとか」

抱かれていたときは無我夢中だったが、頭がクリアになると顔を合わせられない。あられもない姿で喘ぎ、縋りついていた。思い出すだけで、顔から火が噴き出しそうだ。

克己はベッドに腰を下ろすと、立夏の背中に腕を入れて起こしてくれた。彼は立夏と違ってハーフパンツを穿いているが、上半身は何も着ていない。どこに服があるのかとキョロキョロ左右を見回していると、ペットボトルのふたを開けた彼が「どうぞ」と差し出してくる。

「ありがとうございます……」

至れり尽くせりの対応に、それしか言えない。立夏はまだ気だるさの色濃く残る身体に、ゆっくりと水分を染み込ませた。その間にも視線を感じていたものの、彼を見ることができない。事後にどういう態度をすればいいのか、わからないのだ。すると、含み笑いを漏らした克己が、立夏の顎を指先ですくい取る。

「照れているんですか？　立夏さん、可愛かったですよ。余裕がなくなって、ついがっついてしまいました」

「っ……な、何言って……」

「本当は、一度じゃとても足りないです。でも、さすがに今日のところは我慢しますけど」

彼の指が、立夏の唇についた水滴を拭う。たったそれだけなのに、大げさに肩が上下してしまう。意識せずにいようとも、胸が甘く疼く。目の前の男が好きなのだと、全身で叫んでいるかのようだ。

「わたし、自分の部屋に戻ります。シャワーも浴びたいですし……」

「何言ってるんです？　事が済んだら素っ気なくなるなんて、立夏さんは俺の身体だけが目当てだったんですか？　悪い人ですね」

「そんなわけ……っ」

「ないですよね。わかってます。だから大人しく、俺の腕に抱かれて眠ってください。まだ起きるには早いですよ。それとも……シャワーを浴びたいなら、一緒に浴びますか？」

克己は立夏の持っていたペットボトルを取り上げると、窓際にあるテーブルに置いた。そしてベッドに戻ってくると、立夏を抱き抱える。

「ちょっ……北條さん⁉」

「克己、でしょう？　貴女が俺のものになったことを実感したいので、離しませんよ。反論は聞きません」

克己のものになった実感を得たいのは、立夏も同じだ。大人しく彼の首に腕を巻き付けると、心音が耳に届く。規則正しい心音が心地いい。つい胸に頬をすり寄せたとき、グッと腕に力をこめた克己は、そのままシャワールームに足を踏み入れた。まだ身体に力が入らない立夏は、彼になされるがまま湯の張られていないバスタブに入れられる。

「洗ってあげますね。力、入らないでしょう？」

「自分でできますから……大丈夫です」

「もしそうだとしても、却下です。俺が洗ってあげたいので」

反論を笑顔で封じた克己は、シャワーをフックから外さずにコックを捻り、バスタブの中にいる立夏の身体に湯を浴びせかけた。次にバスタブの水栓を解放して湯水を出すと、脱いだハーフパンツを外へ抛(ほう)った。

彼の動きには無駄がない。茫然と眺めていると、克己はアメニティのボディーソープを手のひらに取り、水栓の下に垂らした。勢いよく水に打たれたソープが泡立ち始めたのを見て、立夏の背後に腰を下ろす。

「意外と広くてよかったですね。これなら、充分ふたりで入れます」

「あっ……」

立夏の腕を引いた克己は、自身の足の間に座らせた。両脇から腕を差し入れられて、下腹をゆったりとした手つきで撫でられる。まだ水位はないが泡があるため、恥部は上手く隠れている。そのことに安堵して身を縮こまらせていると、克己の手が双丘を包み込んだ。

「あんっ……何、を……」

「言ったでしょう、洗ってあげたいって。俺に任せてリラックスしててくださいね」

この状態で、リラックスなどできるはずはない。そう言いたかったけれど、胸のふくらみを揉み込んでくる彼に返すことができたのは喘ぎ声だけだった。泡をまとった手を下からすくい上げたかと思うと、円を描くようにやさしく揉みしだかれ、立夏の肢体が小さく跳ねた。

「はぁっ、あっ……やぁっ……ンッ」

手のひらと胸の先が擦れ合い、下腹部に熱がこもる。初めての経験で身体は悲鳴を上げていたはずなのに、愛撫を施されると従順に応えていた。まだ克己に抱かれてから数時間しか経っておらず、彼に愛された感触がありありと残っているからだ。

大きな手で胸に泡をまとわりつかせてくる克己の動きは、昨夜の行為を身体に呼び起こしているかのようだ。幾度となく最奥を貫いた熱塊が、体内に埋め込まれているような錯覚に陥ってくる。

「克己……いたずら、しないで……っ」

「いやだな、違いますよ。立夏さんが動けないから、洗っているだけです。それとも、感じちゃいましたか?」

　克己の手が胸から滑り落ち、立夏の恥丘を撫でる。その先にある行為を予測して咄嗟に立ち上がった立夏は、まだ身体に力が入らずに足がよろけてしまう。

「きゃ……っ」

　バスタブの縁に両手をついて、間一髪で転倒を逃れる。しかしホッとしたのもつかの間、背後で克己が立ち上がった気配がした。首だけを振り向かせると、彼は立夏の背中越しにシャワーを止めて、その場に腰を落とす。克己の眼前に尻を突き出している形になったことに気付いて腰を引こうとしたものの、彼は立夏の尻たぶをわし掴みにした。

「扇情的な眺めですね。でも、昨日激しくし過ぎたせいで少し赤く腫れてるみたいです。すみません」

「やっ、離してくださ……」

「離しませんよ。指で洗おうかと思ったんですが、せっかくなので舌でしましょうか。指よりも、やさしく洗ってあげられますよ」

　言うが早いか、克己は尻たぶに指を食い込ませ、左右に割り開いた。卑猥な形に拡げられた恥部に彼の呼吸が触れた瞬間、ひくんと蜜窟が反応して淫蜜を滴らせる。腰を捩って逃れようとしたとき、彼は一切の躊躇なく蜜口に舌をねじ込んだ。

「んっ、あぁっ……！」

やわらかな舌が潤んだ内壁に入り込み、立夏はバスタブの縁をにぎる手に力を込めた。そうしなければ立っていられず、腰から砕けてしまいそうだ。

泡に塗れているというのに、その泡ごと熱い舌が蜜口を行き来する。くちくちと粘着質な淫音がバスルームに響き、最奥が淫猥に戦慄いている。艶めかしく蠢く彼の舌に内壁は喜びを感じていて、自分はこれほど淫らだったのかとめまいがする思いだった。

「立夏さん、腰が揺れてますよ。それに、舌を抜いたとたんに中から溢れてますね」

「そんなこと、は……」

「……こうしていると、抱きたくなってきますね」

克己は熱っぽい声音で告げると、立ち上がって立夏の割れ目に自身の昂ぶりを押し当てた。背後にいたせいで気づかなかったが、彼自身はすっかり硬度を増している。

まさか、バスルームでするのだろうか。彼の昂ぶりを感じて身を硬くした立夏だが、克己はそんな不安を察したようだ。

「抱きたくなりましたが、我慢しますよ。ゴムもないですし、初めてだった貴女にこれ以上無理を強いる真似はしません。でも、身体を洗うくらいは許してくださいね」

立夏の背に覆いかぶさった克己は、自身の昂ぶりで秘裂を往復させた。

「んっ、あッ……く…ぅっ」

先ほどまで彼に嬲られていたことで零れた愛液と泡のぬめりが混じり合い、ぐちゅぐちゅと淫音が耳奥をたたく。雁首が花芽をかすめるたびに蜜が滴り、甘く重い官能の波が押し寄せてきた。

　中に挿入されてはいないのに、内壁がはしたなく疼いている。物足りなさを訴えて空洞が収縮し、胎の内が波を打つ。男の熱が隙間なく埋められて襞を擦られる快感を知ったからこその反応だった。

「克、己……っ、そんなにされると……おかしくなる、から……ぁっ」

「いいですよ。もっとおかしくなって、俺のことしか考えられなくなればいい」

　陶然とした声音が耳の奥に滑り込み、全身が粟立った。与えられる快楽なのか、それともバスルームに立ちこめる湯気のせいなのか、意識が白く塗りつぶされていく。

　──その後。立夏が快感を極めてもなお克己の攻めは続き、これまでの人生で味わったことのない快楽を与えられることとなった。


　翌日。克己の声に起こされて目が覚めた立夏は、慌てて自分の部屋に戻って着替えをする羽目になった。

　明け方に起きてバスルームに入ったのが間違いだった。「洗う」と言った克己に、欲望を煽るような触れ方をされて、結局快感を極めて意識を飛ばしてしまった。お蔭で寝坊をするわ、どこもかしこも痛いわで散々である。

その後ホテル内にあるレストランで朝食をとる間も、気恥ずかしさで顔が見られない。一方克己はまったく態度が変わらない。それどころか、いつもよりも甘さを感じる眼差しを向けてくる。彼に抱かれたことで、そう感じているだけかとも思い、気を引き締めようとしたのだが――。

「そういえば、昨夜のことですが」

そう切り出した彼は、見惚れるような笑顔で言い放った。

「昨夜は酔った勢いでもなんでもなく、貴女が好きだから抱いたんです。それだけは、勘違いしないでくださいね」

「北條さん……っ、朝から何を」

「俺が、いい加減な気持ちじゃないってことだけ信じてください。ちゃんと言っておかないと、貴女はすぐ俺から逃げ出そうとするので。それと、呼び方……また戻ってますね。昨日の夜は、何度も名前で呼んでくれたのに」

「だって、それは……」

「仕事は昨日の部長との食事の時間までです。その後は、完璧なプライベートなんですから、問題ないでしょう？　それとも貴女は、抱かれているときにしか名前で呼んでくれないんですか？」

「っ……」

克己はまったく容赦なく、立夏の逃げ道を塞いでいく。その言動は、自分を意識しろと言わんばかりだ。立夏がどんな言い訳をして拒んでも、彼はまったく気にもせず目的を果たすのだろう。そう――ひとり卑屈になって恋愛に臆病になっていた立夏に、恋愛感情を思い出させたように。

「立夏さん、まだ帰りの新幹線まで時間がありますし、土産物屋でも寄りませんか?」

朝食を食べ終わってチェックアウトを済ませると、克己の提案で駅の近くにある土産物店に寄った。チームのメンバーや商品開発課、それにひろ子にも土産を購入しようと思っていたので、それぞれに箱入りの名産品を選んで購入する。

「立夏さん、ずいぶん買い込みましたね」

「ええ。チームの皆さんの分と、課の分と、友人の分のお菓子を買ったので。その……克己は、買わないんですか……?」

会計を済ませたところで、ぎこちなく彼の名前を呼ぶ。正直、立夏は彼ほど切り替えが上手くないし、恋愛からも遠ざかっていた。だから、意識しないようにすればするほど不自然になってしまうし、名前を呼ぶだけで身もだえるほど甘酸っぱい気分になってくる。

この男の前では滑稽なほど狼狽しているようで、立夏はますます居たたまれずに視線を俯ける。すると彼の笑みを含んだ声が頭上から落ちてきた。

「本当に、立夏さんは困った人ですね。俺、貴女ほど可愛い女性を他に知りません」

そう言って、ポンと頭に何かを乗せられる。反射的に視線を上げた立夏の目の前には、携帯端末用の手帳型ケースが現れた。薄いピンクが基調のケースの下方部には、デフォルメされたネコがデザインされている。

「これ、立夏さんにプレゼントします。出張土産です」

「……一緒に出張したのに、ですか？」

「記念の品があれば、昨夜のことちゃんと忘れずに思い出してくれるでしょう？」

二の句が継げずに、立夏は目の前の男をただ見上げた。克己は悪びれた様子もなく、さっさと会計を済ませに行く。

会計から戻って来た彼の手には、立夏用に購入した手帳型のケース。それに、手帳型のケースと色違いで、同じネコがデザインされた普通の端末型ケースがある。

「お揃いってほどじゃありませんが、せっかくですし記念に俺も買いました。これくらい浮かれてもいいですよね」

まさか、普段オフィスでもケースを使うということだろうか。さすがにそれはどうかと思うのだが、理屈よりも嬉しい気持ちが先に立っている。

「……ありがとうございます。大切にします」

立夏は相当浮かれていることを自覚しつつ、くすぐったい気分でプレゼントを受け取った。

5章「愛し過ぎてめちゃめちゃにしたくなる」

「――まさか、北條くんとふたりで出張に行ってたとはね」

克己とふたりで関西支社に出張に行ってから、半月後の金曜の夜。

ちょうど退勤時間が重なったひろ子と一緒に、オフィス近くにあるレストランで夕食をとっていた。豊富な種類のサラダバーが評判の店で、本格的なグリルも楽しめる。ひろ子とよく利用している店だった。

ひろ子から「久しぶりに飲みに行かないか」と誘われたので、「ちょうどお土産も渡したかったんだ」と言って、立夏は快諾した。土産を渡して克己と出張に行ったことを話したところ、彼女は食事をする手を止めて話に食いついてくる。

「なんだか、三浦さんの結婚式のときから、本当に北條くんと縁があるね……やたら立夏に近づいてきてるっていうか……作為的なものを感じるくらい」

「作為的も何も……わたしをチームに引っ張ってくれたのは、課長だから」

「えっ、そうなの⁉」

驚いているひろ子にうなずくと、たまたま自分が『にゃん太郎チョコ』を昔から好きだったことを克己が知り、チームに入れてくれたのだと説明した。もちろん、仕事にやりがいを感じていることも付け加える。

「課長には、感謝しているの。ほら、わたし無愛想だし、人付き合いも下手だから途中からチームに入ることに不安もあったんだけど……課長が上手く取り成してくれて」

「ふうん。北條くんは、そういうの上手そうだもんね。……ねえ、立夏はどう思ってるわけ？　北條くんのこと。今の話しぶりだと、好感持ってるっぽいけど」

からかうように問われた立夏は、言葉を詰まらせた。

克己とそういう関係になったのは、つい二週間前のことだ。

先々週の土曜にふたりで出張先から戻ると、彼は立夏を自分のマンションへ誘った。片時も離れていたくないと口にされて心は揺らいだが、さすがに「出張から帰ったばかりだから」と断っている。立夏も内心では一緒にいたいと思っていたが、いろいろ急に進み過ぎて戸惑いもあったのだ。

その後、日曜は簡単なメールのやり取り。そして仕事が始まると、今度は出張先で克己が思いついた『にゃん太郎が生まれるまでの秘話』を動画に入れるため、企画書の作成や打ち合わせに追われ、プライベートなことを話す時間が持てずにいる。

（ひろ子には、課長とのことを話したいけど……勝手に話すわけにいかないし）

仕事にも支障があるだろうし、ふたりの関係を公にするつもりはない。だけど、友人に秘密にしておくのも心苦しい。

そんなことを考えていたとき、「遅くなりました」と背後から声がかけられた。

振り返った先にいたのは、話題の主である克己だった。彼は当たり前のように立夏の隣に腰を下ろし、人当たりのよさそうな笑みを浮かべている。

「北條さん？　どうしてここに……」

「小池さんに呼ばれたんです。この前お誘いも受けていましたし、ちょうどいい機会だと思ってきました」

「ひろ子に……？」

「ええ。昨日誘われたんです。てっきり、小池さんから聞いていると思ってましたけど」

まったく話を聞いていなかった立夏は、驚いてひろ子を見る。彼女は、克己が店員にソフトドリンクと料理をオーダーする様子を品定めするような目つきで見据えていた。そして店員が去ると、テーブルの隅に置いてある立夏の手帳型のケースを指さす。

「ねえ、これって立夏の趣味じゃないでしょう。ピンクなんて、いつも選ばないじゃない」

「それは、まあ……」

「ということは、何か心境の変化があったか、それとも誰かからもらったものか、って思うじゃない。そうしたら……北條くんも、同じネコがデザインされてる端末ケースを持ってるのを見たのよ」

ひろ子にそう言われ、立夏はギクリとした。いくら浮かれていたとはいえ、やはり会社で使うべきではなかったのだ。今回はたまたまひろ子に指摘されたが、今後こんな風に誰かに指摘されないとも限らない。

　隣の克己を窺うように見れば、彼は特に動じずに笑みを浮かべていた。

「さすが、立夏さんと仲がいいだけありますね。目ざといです。その手帳型のケースは、出張に行ったとき俺がプレゼントしたものですよ」

　克己はさらりとそう言うと、運ばれてきたドリンクを受け取った。ついでに店員にビールをオーダーしたひろ子は、ふたたび口を開く。

「ちょっと、聞き捨てならないわね。やっぱり北條くん……立夏のこと狙ってるわけ？」

「いえ、正確には違います。付き合ってるんですよ、俺たち」

「えっ⁉」

　立夏とひろ子の声が重なった。しかし、立夏は主に〝克己が交際をバラした〟ことへの驚きで、ひろ子は〝ふたりが付き合っている〟ことへの驚きである。

「ちょっと、いつの間にそんなことになってるの？」

「正式にお付き合いしたのは、出張直後からですね。少し前から立夏さんに交際を申し込んでいたんですが、ようやく承諾していただきました」

　まるきり淀みのない口調で克己が言う。そのことに、またしても立夏は驚いた。自分たちは上司と部下であり、記念事業チームのメンバーでもある。いくらひろ子が立夏の友人だと知っているとはいえ、こうも簡単に関係を話すとは予想していなかったのだ。

「……ふうん。本気なの？」

「ええ、もちろんです」

即答した克己に、ひろ子が疑わしげに言い放った。

「それなら、当然結婚が前提よね？」

「ひろ子！　ちょっと、いきなり何言って」

「この前も言ったでしょ。わたしたちの年だと、付き合うなら結婚を考えて当たり前だって。適当な気持ちで付き合われて、傷つくのは立夏なんだよ？」

ひろ子は友人として心配してくれている。立夏とて、実際自分の年齢を考えると、どうしても〝結婚〟のふた文字が頭にチラつく。ただでさえ彼より年上なこともあり、やはり焦る気持ちもある。

――ただ、そうした現実よりも今は、克己を好きだと思う気持ちを大事にしたい。彼との関係は、まだようやくスタートラインに立ったばかりだ。何度も好きだと伝えてくれて、眠っていた恋愛感情を揺り起こしてくれた。

いや、そんな生易しい表現じゃ足りない。彼は、立夏の心に長いこと居座っていた臆病さをなぎ払い、そこに自分が収まってしまった。

「……大丈夫。傷ついたとしても、後悔しないから」

ひろ子に答えて、微笑んだときだった。

「……心外だな。どうして、俺が立夏さんを傷つけることが前提なんでしょうね？」

立夏とひろ子のやり取りを黙って聞いていた克己が、大げさなほど眉をしかめる。

今の彼は、オフィスにいるときの〝課長〟ではなかった。処世術だと言っていた人当たりのよさよりも、立夏の前で見せる食えない男の顔を押し出しているように見える。

ひろ子も敏感に察知したのか、やや頬を引きつらせて鼻白む。

「北條くん、貴方会社では猫被ってたのね。おかしいと思ったのよ。常に笑顔を絶やさずに人に接して、若手ナンバーワンの出世頭。それでいて悪い噂もまったくないなんて……嘘くさいわよね」

「お褒めに与り光栄です。でも、俺の態度は嘘くさいかもしれないですが、立夏さんへの気持ちに嘘はありませんよ。立夏さんの友人の小池さんには、信じていただきたいですね」

「あの、課長」

しれっと言ってのけた克己に、ハッとして立夏が口を挟む。

「いいんですか？　そんなに簡単に、その……わたしと付き合っているなんて言って」

「ええ。小池さんは立夏さんの友人ですから、俺たちのことを知ってもらっていると何かと力になってくれるんじゃないかと思いまして。それに、他の社員にもべつに隠すつもりありませんよ。ただ、自分から言いふらさないだけで」

「だって、そんな……周囲に隠さないと、仕事だってやりにくくなるじゃありませんか」

社内恋愛は禁止されていない。現に、前の課長の三浦まなみは社内恋愛の末、寿退社だ。

しかしそれは、彼らがべつの課だったことも大きいし、何より結婚が決まるまで関係を公にしていなかった。

　付き合っていて別れれば、本人も周囲も気まずい思いをする。順調な交際であれば、上司から「結婚式はいつだ」などのよけいなプレッシャーもあることから、付き合っていても恋人同士だと明らかにしているカップルは社内にいない。

（そんなこと、課長が考えないはずないのに……）

　疑問に思っていると、克己はテーブルの下で立夏の手をにぎる。

「もちろん、むやみやたらに言いません。でも、こそこそする必要もないってことです」

　はっきりと言い切られた立夏は、そこで悟った。

　きっと、このことを言いたくて彼はこの場に来たのだ。人の気持ちを先回りして考えるような男だから、立夏の抱えている複雑な女心まで気付いている。そのうえで、不安になる必要はないと示したのだ。ひろ子の前でふたりの付き合いを宣言したのも、さしづめ自らの決意の証人にしたかったのかもしれない。

「……悪かったわね。端から信用していなくて。北條くんが、意外と真剣だってことはわかったわよ。だからとりあえずは、立夏の相手として認識してあげる」

「信用していただけて何よりです。小池さんは、それだけ立夏さんを心配してくださっているんですよね。ありがとうございます」

「べつに、北條くんにお礼を言われる筋合いはないけどね」

「いえ。これからは、小池さんが立夏さんと過ごしていた時間を、俺に分けてもらいますから、その分も含めてのお礼です」

にっこり微笑んだ克己に、ひろ子が小さく舌打ちをした。どうやらこのふたり——というより、ひろ子は克己と馬が合わないようである。運ばれてきたばかりのビールを一気に呷った彼女は、立夏に向き直る。

「……立夏が決めたなら、わたしが言うことは何もないわ。ただ、この男は注意したほうがいいと思うの！」

グラスを乱暴にテーブルに置くと、ひろ子が警戒心を剥き出しで克己を見る。彼は、「要注意人物に認定されてしまいましたね」と肩を竦めているが、ひろ子の反応は予測済みと言わんばかりだ。

（ひろ子に、付き合っていることを言えたのは嬉しいけど……）

何やら奇妙な火花が散っているのを見た気がして、立夏は身を縮こまらせた。

その後。かなり酔っていたひろ子をタクシーでアパートまで送り届け、克己とふたりになった。隣に座っている彼は、ずっと立夏の手を握りしめている。

（こういうことをされると、本当に恋人なんだなって実感するな……）

友人に紹介したり、さり気なくスキンシップをしたり。付き合う前も克己はスキンシップが多かったが、恋人となった今のほうがよりドキドキする。互いに求めていることが、触れ合っている部分から伝わるからかもしれない。

「……立夏さん」

立夏のアパート近くになって、握る手に力をこめた克己は、何気ない口調で続けた。

「俺の部屋に泊まりにきませんか？」

「え……」

「アパートから着替えを持ってきて、そのまま俺の部屋に来てもらえないかって……じつは、店に来る前から考えていたんです」

克己がひろ子の誘いに応じたのは、ふたりの関係を知ってもらうのと同時に、そのまま立夏を自分の部屋に誘うためだったようだ。

胸の高鳴りと、くすぐったいような気持ちを抱いていると、タクシーが立夏のアパートの前で停車する。

「……それじゃあ、少し待っていてもらえますか？　すぐに準備をしてくるので」

立夏は気恥ずかしさからやや早口で告げると、タクシーを降りて二階の自分の部屋へ急いだ。

ところが、自分の部屋の前に思いがけない人物が立っているのが見える。

「立夏、遅かったわね。待ちくたびれたわ」

立夏の姿を認めた途端、安堵の息をついたその女性は……。

「お母さん……！」

立夏の母、渡辺聡子(さとこ)だった。

＊

克己は非常に気分の良いまま、タクシーの中で立夏を待っていた。

ようやく彼女を手に入れたのは、二週間前。その間もずっと触れたいと思っていたが、やっと週末を迎えたことでそれが叶う。長いこと頑なな立夏にアプローチを続けて、想いが届いたのだ。多少、浮かれていてもしかたのないことだろう。

（……小池さんにも、一応は認めてもらいましたしね）

立夏と付き合うことになって、彼女の友人であるひろ子にも関係を知っておいてもらう必要性を感じた。立夏はクールな見た目に反して、ひとりで悩みを抱えてしまうところがある。自分と付き合うことで、ひとりで悩まれるより友人を頼ってくれたほうがいい。もし彼女が悩んでいたとしても、ひろ子経由で克己に伝われば問題を取り除ける。実際、ひろ子から「本気なの？」と聞かれたが、きっと立夏も同様の想いはあっただろう。

だから今日は、ひろ子の誘いに乗ったのだ。〝北條課長〟の擬態をせずに素を出して接したことで好感度は下がったようだが、信頼は得たはずだ。

（本当に……我ながら必死すぎる。それなのに、立夏さんにあまり伝わっていないのが悩

ましいところですけど)

　ふたりの関係を明らかにすることで、立夏が不安になったとき相談できる相手を確保することができた。ひろ子は克己を警戒していたが、立夏に対して本気だとわかれば自分に協力してくれると踏んでいる。

　とりあえず、目的はひとつ達成した。後は、付き合い立ての恋人に求める自然な欲求を果たしたい。立夏を組み敷いて、ひと晩中でもその身体を貪りたい。

(……まずいな。暴走してしまいそうだ)

　立夏と想いを交わしたことで、欲望はさらに膨れ上がった気がする。飢餓感とでもいうべき感情は、愛しい恋人に触れることでしか満たされない。

　克己が自身の不埒な欲望に苦笑したとき、開けっ放しのタクシーのドアから、立夏が顔をのぞかせた。しかしその手に荷物はなく、表情もかなり深刻に見える。

「立夏さん？　どうかしましたか？」

　とてもこれから恋人の部屋に泊まりにくるような顔ではない。怪訝に思って問いかけると、彼女は消え入りそうな声で答えた。

「……あの、急に母が来たんです。今日はわたしの部屋に泊まるつもりだと言っていて」

　思いがけない状況を聞いた克己は驚いたものの、それも一瞬のことだった。

「立夏さんのお母さんですか。それなら、ご挨拶させていただいてもいいですか？」

「えっ……」

克己は立夏の返事を聞く前に、タクシーの精算を済ませて降りた。走り去るタクシーを見て呆然とする彼女に微笑んでみせると、華奢な肩をそっと抱く。

「行きましょうか、立夏さん」

「あの、そんないきなり挨拶なんて、その」

「迷惑ですか？　俺が貴女の恋人だと名乗るのは」

あえて、相手の良心に付け込むような物言いは、克己の手管でもある。こう言えば、立夏が否定するのはわかっていた。

「……迷惑なのは、北條さんのほうじゃありませんか？　付き合って間もないのに、いきなり母親に会うなんて」

「そんなことありませんよ。俺は、貴女に関することで迷惑なことなんて何ひとつありません」

むしろこの状況は大歓迎だ。彼女を促してアパートの階段を上がりながら、ひとり唇に笑みを乗せる。

（まさか、こう早くチャンスが訪れるとは思いませんでしたね）

もともと立夏が逃げられないように、外堀から埋めるつもりだった。今日ひろ子に会ったのも、その一環だ。付き合ったことで浮かれてばかりもいられない。立夏にはこの先ずっと、自分の傍にいてもらうつもりだ。

いずれ渡辺家に赴いて挨拶をしようと思っていた克己にとって、願ってもいない状況である。惜しむらくは、初めて彼女の部屋に上がるのに欲望を封じなければならないことか。

「……どうぞ。狭い部屋ですが」

「お邪魔します」

大量のネコグッズに目を遣りながら部屋に入ると、五十代半ばの女性が克己を見上げた。立夏によく似た面差しで、若いころは美しい女性だっただろうとすぐに想像できる。

にっこり微笑んだ克己は、その場に腰を下ろして頭を下げた。

「夜分に突然申し訳ありません。私、立夏さんとお付き合いさせていただいている北條克己と申します」

克己はまず、自分が立夏の恋人であることを明らかにした。次に彼女と同じ小野田製菓に勤め、上司であることを伝えて名刺を渡す。立夏の母はたいそう驚き、「立夏の母で、渡辺聡子と申します」と、上品な所作で頭を下げる。

「まさか、立夏がお付き合いしている方がいらっしゃるなんて思いませんでした。この子何も言わないから」

「……いい年をして、わざわざ報告なんてしないでしょ」

オフィスでは表情を崩さず、克己に対しても敬語の立夏だが、さすがに家族の前ではそうではないようだ。どこか拗ねた物言いを新鮮に感じつつ、克己は話を繋げる。

「最近付き合い始めたばかりですし、話をする機会がなかったのだと思います。立夏さんと私は、大きなプロジェクトチームに入っているので……あまりプライベートな時間が取れないんですよ」

「あら……そうでしたか。いえ、最近しばらく実家に帰ってこないものだから、どうしているのかと心配していたんです。ねえ、立夏。北條さんにお茶くらい出さないの？」

「あ……すみません、北條さん。気がつかなくて。すぐにお茶を淹れます」

「おかまいなく。長居はしません。せっかくの親子水入らずをお邪魔したくありませんから」

　気にしないよう告げた克己だが、立夏は早々にキッチンに向かってしまった。すると、聡子が真面目な顔で克己に向き直る。

「あの子、あまり愛想がないでしょう。会社ではどうですか？」

「真面目ですね。オフィスでは、あまり感情を表に出す人ではありませんが、仕事に真摯に向き合っています。プライベートでは、結構表情豊かに接してくれるんですよ」

　聡子の問いに、克己は素直に答えた。立夏が聞いていれば照れてしまいそうだが、事実なので隠す必要もない。それに相手は立夏の母親だ。彼女に接するときと同じように、言葉と心を尽くさなければ信頼は得られないだろう。

「そうですか。それを聞いて安心したわ」

　聡子に微笑んでうなずくと、克己はスーツのポケットからおもむろに携帯を取り出した。

「もしよろしければ、連絡先を教えていただけますか？　私も、立夏さんのご家族ともっといろいろお話させていただきたいので」

「ええ、もちろんよ」

克己の申し出に、聡子は快く応じてくれる。

（これでまた、貴女の逃げ道を封じることができる……逃がしませんよ、立夏さん）

着々と立夏を包囲する算段をつけることができ、克己はほくそ笑んでいた。

＊

突然の母の訪問から一夜明けた、土曜日の夜。

立夏はやや緊張しつつ、克己の部屋のリビングで縮こまっていた。

（こんなに広い部屋に住んでいるなんて思わなかった……）

彼の住むマンションは1ＬＤＫだったが、ひと部屋あたりの面積がかなり広い。今いるリビングもゆうに二十畳はあり、ひとめ見て高級であるとわかる重厚な造りのローテーブル。それを取り囲むように、中央には本革のソファが配置されている。

右手の壁には寝室へ続くと思われるドアがあり、それ以外には大型液晶テレビとオーディオ機器、それに書棚があるだけのシンプルな部屋だった。書棚にはビジネス書からミステリー小説、はては菓子作りの本まである。読んでいる本を見れば人となりがわかるというが、今見た限りではなかなかつかみどころがない。

「お待たせしました、立夏さんはビールでいいですよね」

克己はキッチンから缶ビールとグラス、それに炭酸水のペットボトルを持ってきた。彼はアルコールに弱いから、ビールは立夏のために買ったものだろう。

「ありがとうございます……なんだか、いろいろとすみませんでした」

「何がです？　立夏さんに謝られるようなことは、特にないと思いますけど」

克己は立夏の隣に腰を下ろすと、缶ビールの蓋を開けた。流れるような仕草でグラスに注ぎ、立夏に手渡す。

「そんなに緊張しないで、ビールでも飲んでくつろいでください。そのために今日は呼んだんですから」

「昨日のことで、謝りたいと思って」

グラスを受け取った立夏は、ありがたくビールを口に含んだ。炭酸が喉に弾け、幾分か緊張を緩和してくれる。

「昨日は、急に母と会わせることになってすみませんでした。あの、変なことを言っていませんでしたか？」

「いいえ？　少しお話しただけですけど、立夏さんを大切になさっていることがわかりました。いいお母さんですね」

ごく自然なセリフに、立夏はくすぐったい気持ちになった。やはり、身内を褒められるのは嬉しい。それが、好きな男性であればなおのことだ。

「ありがとうございます……母も、北條さんを褒めていました。素敵な人だ、って」

「それは光栄ですね。でも、お母さんとゆっくり過ごさなくてよかったんですか？」

「はい。母は、私の様子を見に来ただけですし、実家もべつに遠いわけではありませんから」

　実家は、今住んでいるアパートから、車で一時間程度の場所にある。だから立夏もたまに顔を出しているし、母も時々アパートにやって来るのだ。昨日のように、連絡も入れずに突然来るのは勘弁してほしいと何度も言っているのに、いまだに聞き入れられていないのは困りものなのだが。

　昨日、克己が帰ったあと、母から安心したように「付き合っている人がいないならお見合いでもさせようかと思っていたけど、いい人と付き合ってるみたいでよかった」と言われた。意図せず克己と会わせることになってしまったが、母を安心させられたのは立夏にとっても嬉しい。妙齢の娘が結婚する気配すら見せないことで、口に出さずとも心配していたのだろう。

　だから、克己がまったく迷う素振りもなく挨拶を申し出てくれたとき、立夏はとても感激した。正直、まだ付き合い始めたばかりだし、いきなり親に挨拶するのはハードルが高いだろうし、逆の立場であれば躊躇したに違いないと思うからだ。

「……北條さんには、感謝しています。本当に、ありがとうございます」

「お礼を言われることでもないです。俺は貴女と、真剣に付き合っているので。それをお母さんにもご理解いただけてよかったです」

真剣に付き合っている——克己のひと言に、立夏の心臓が喜びを表しているように大きく跳ねた。

正式に付き合ってから半月だ。立夏自身、彼との将来を具体的に考えるには早い時期だと思っている。それでも、将来を見据えて付き合っていると好きな男に言われて、喜ばない女などいないだろう。

「……母も、安心したみたいです。その……わたしにそういう相手がいないことを心配して、お見合いも考えていたみたいなので」

そう告げた途端、克己の表情が明らかに変化した。どこか考え込むように眉をひそめると、おもむろに立夏の顎に手をかけた。

「……貴女は俺のものです。お見合いなんて、させませんよ」

「するつもりなんて……ありません」

即答した立夏に、克己はさらに詰め寄ってくる。

「それなら、俺との将来を真剣に考えてもらえますか？　貴女が承諾してくれたなら、すぐにでも婚約指輪を用意しますよ。……俺と、結婚してください」

性急過ぎる求婚だが、彼の声も表情も真剣そのものだった。本来なら喜んでもいい場面は、立夏を深い困惑に引きずり込む。

彼のことは好きだ。立夏をありのまま受け入れてくれて、惜しみなく愛を注いでくれる。けれども、まだ具体的に彼との結婚を考えられない。付き合って間もなくに入籍するカップルもいるだろうが、立夏は勢いで結婚できる性格ではなかったし、克己もそんなことは承知しているはずだ。

　息を呑んで彼を見つめていた立夏は、戸惑った心のまま答えた。

「……いずれ、そうなればいいかと思っています。でも、まだ付き合ったばかりですし、その……もっとお互いをよく知ってからでいいと思うんです」

　立夏はともかくとして、彼はまだ結婚を焦る年齢ではないだろう。もしかして彼は自分の年齢も考慮してくれているのかもしれないが、結婚となれば時間をかけて考えたほうがいいのではないか。

　そう伝えたところ、克己はやや表情をやわらげる。

「立夏さんらしい慎重な答えですね……わかりました。それじゃあ俺は、立夏さんが生涯一緒にいたいと思えるような男になるよう努力します。ひとまず、もっと一緒にいる時間を増やしたいところです。ああ、今度俺の実家にネコを見に来ませんか？」

「実家って……わたしが行ったら不自然じゃありませんか」

「どうしてです？　立夏さんのお母さんにもお会いしましたし、今度は俺の両親に会って欲しいんです。もちろん、結婚を考えている相手だと紹介しますよ」

　克己は口の端を上げると、立夏に口づけた。ソファの背もたれに押しつけるような格好で唇を重ねられ、舌を挿し入れられる。

「んん……っ、ふ……ぅ」

克己に告げられた衝撃的な言葉に対する反論は、すべて彼の唇に封じられた。

無意識に逃げようとしていた舌を、容赦なく絡め取られる。誘い出された舌は彼に隈なく味わわれ、腰の辺りに甘い痺れを感じてしまう。

キスがこんなに官能的で気持ちのいいものだなんて、克己に教えられるまで知らなかった。ほんの少し前までは少女のように無垢だった立夏の身体は、今ではもうすっかり淫らな欲望を知った女のそれになっている。

「立夏さん……ここでしてもいいですか？」

「え……？」

「ふたりきりなのに、俺を名前で呼んでくれないから……お仕置きです。貴女は抱いているときなら、俺を呼んでくれるでしょう？」

克己は艶やかに笑みを浮かべると、立夏をソファに押し倒した。スカートが捲れそうになり、慌てて直そうとする手を克己に捕らえられる。片手で立夏の両手を頭上にまとめた克己は、空いた手をスカートの中に忍ばせた。

「今日は、脱がせやすい格好ですね。貴女に触れるのは出張以来ですが、少しは俺を恋しがってくれましたか？」

「やぁ……んっ」

肌の感触を愉しむように太ももを撫でていた指先が、ショーツのクロッチに触れる。そこは先ほどのキスで湿り気を帯びていて、気づいた彼が薄く笑った。

「感度がいいですね。本当に……愛し過ぎてめちゃめちゃにしたくなる」

彼はためらいなくショーツの裾に指を差し入れると、蜜に濡れた花弁を擦った。くちゅりと卑猥な水音が耳に届くと同時に、蜜口に中指を挿し込まれる。蜜を湛えた内壁は悦んで彼の指を食み、立夏は思わず喉を反らせた。

「あぁっ……こんな、ところで……ダメです……っ」

「立夏さんの希望なら、なんでも叶えてあげたいんですけどね……〝ダメ〟は聞きません」

彼は中指で蜜を攪拌（かくはん）するかのようにぐるりと内壁を撫でていたかと思うと、親指で花芽を押し潰す。蜜と絡めた指でぐりぐりと敏感な粒をこねくり回されて、脳髄が痺れるくらいに気持ちいい。

「んっ、は、あっ……あああ……ッ」

容赦なく欲望と言う名の火を煽られた立夏は、喉から絞り出すような嬌声を上げた。強制的に快感を高められ、内奥からさらなる蜜を溢れさせてしまう。

目の前にいる彼を見つめると、克己はいつもの余裕めいた表情ではなく、どことなく焦っているように見えた。いつも憎らしいほど平静を保つ彼にしては、とても珍しい。

（どうして……？）

しかし生じた疑問は、すぐさま肉体の得る悦びに打ち負かされる。彼は立夏の両手の縛めを解くと、秘裂に指を入れたままカットソーを捲り上げた。ブラの上から荒々しく胸を揉みしだかれて、腰が跳ね上がる。

「克、己……っ」

「やっと呼んでくれた。ねえ、立夏さん……早く貴女の全部を、俺に預けてください。俺はもう、貴女だけだって決めてるんです」

ふだんの彼には似つかわしくない切実な声だった。なぜそれほど自分を切望しているのか、立夏にはわからない。ただ、克己に強く求められている。そのことだけは理解して、理性よりも先に身体が反応を示す。濡れた襞がびくびくとのたうち、早く楽にしてくれと言うかのようだ。

「も、やめ……っ、ソファが……汚れちゃ……」

「いいですよ、べつに構いません。俺の部屋に立夏さんの痕跡が残るって考えると、興奮するでしょう?」

克己は攻める手を止めずに、立夏に笑いかけてきた。凄艶な微笑みは、獲物を逃さない肉食獣のようだった。彼の本質が垣間見えた気がした立夏は戦きつつも、強烈に惹きつけられるのを感じる。

女としての自信もなければ価値も見いだせずに長い時を過ごしてきた。臆病な心を無表情の殻で覆い隠し、異性と接する機会を自ら拒んでいた。

でも本当は、ずっとこうして求められたかったのだ。どうしようもなく弱い自分自身ごと、強く望んで奪われたかった。

「あっ、克……己……っ」

「っ……貴女の声は、腰にきますね。挿れるつもりはなかったのに、堪えられそうにない」

「あ、ん……っ」

克己は指を引き抜くと、一度立夏から離れた。散々彼にまさぐられた身体は達してはいないものの、熱く火照って力が入らない。ソファの上にしどけなく横たわって呼吸を整えていたとき、戻ってきた彼に覆いかぶさられる。

「指じゃなく、俺をじかに感じてください」

切羽詰まった声音で告げた克己が、自身のショートパンツを下着ごと引き下げて避妊具を被せた。立夏の下着を乱暴な手つきで横へずらし、蜜口に自身を擦りつけてくる。薄い膜越しに彼の昂ぶりをまざまざと感じ、息を詰める。

「これだけ濡れたら、すぐに入りそうですね」

「待っ……」

「待てません」

無情に告げた克己が、ぬかるみに自身を突き入れてきた。

「やぁっ……あぁぁ……んっ！」

ほんの少し前まで充分にほぐされていた蜜窟は、難なく克己の欲望を受け入れた。衝撃で腰が浮き、内壁が違う角度で彼自身と擦れ合う。自分の意思ではどうにもできない快感を耐えるように、立夏の手が頭上にあるクッションをつかむ。

「貴女の身体は、ちゃんと俺を覚えてくれているようですね。ほら……ちゃんと俺に吸い付いてくる」

熱く潤んだ胎内を、彼の昂ぶりが行き来する。雁首に濡れ襞を引っ掻かれて下肢が切なく戦慄き、ヌチュヌチュと卑猥な音が耳を撫でた。

互いに服を着たまま、体をつなげている。しかもここはリビングで、立夏の他に訪れる人もいるだろう。それなのに、彼はまったく気にせずに立夏を激しく貫いた。

「くぅっ……んっ、や、ぁっ……あぁっ」

嵩だかな彼自身に奥を突かれ、息苦しいほどの悦を得てしまう。思わず逃れようと腰を捩ったが、克己はそのままつながりを解かずに、立夏をうつ伏せにさせる。

「この前、できなかった体位でしましょうか。バスルームでは舌だけでしたけど、直接挿れて擦ったほうがきっと気持ちいいですよ」

「ひゃぁっ……克、己……いや……あぁっ……ンっ」

後背位で穿たれて、立夏は成す術もなく腰を揺らした。彼に尻を突き出して抽送されていると思うだけで、身もだえそうな羞恥を掻き立てられる。けれども胎内は恭順を示し、彼を根本まで咥えこんで蠕動していた。狭隘な膣内は彼の形いっぱいに拡げられ、これ以上ないくらいに蜜を溢れさせていく。

「っ、は……気持ちいいみたいですね……すごい締め付けですよ。この体位、好きなんで

すか？」

「や……わからな……」

ソファに押しつぶされている胸が、彼が動くたび座面と擦れる。高価そうなソファの上で耽る行為が、追い詰めるように体内を抉る彼の猛りが、立夏を高みへと押し上げていく。

内壁が彼を食い締めている。自覚するといっそう欲が深まった。擦れ合う粘膜が奏でる水音が耳を犯し、荒い呼吸と嬌声が部屋を満たす淫靡な空気に肌を焼かれ、もう何も考えられなくなる。

「誰に抱かれて感じているのか、貴女がちゃんと覚えているように……何度だって言います。……ねえ、立夏さん。俺に抱かれて気持ちいい？」

子宮口をゴツゴツと激しく攻められて、問いに答える余裕はない。蜜窟が彼に答えるように浅ましく収縮し、悦楽の際へと追い立てられていく。

「あ、あぁっ……や、あああ……っ」

内壁が大きくうねり、背筋が波打った。視界が白く濁り、立夏の四肢から力が抜け落ちる。同時に、胎内にいる克己自身も質量を増し、やがて爆ぜた彼が小さくうめき声を出す。

「……立夏さん。まだ終わりじゃありませんよ。今度は、ちゃんと寝室でしましょうか」

もう無理だと答えようにも、快感を極めたばかりとあって声すら出せない。彼に抱き上げられる感覚を最後に、立夏の意識は沈んでいった。

（……もう、信じられない。どうしてあんなに元気なの？）

九月の初週。昼休みにひとり社員食堂で昼食をとっていた立夏は、週末に克己の部屋で過ごしたことを思い出して心の中で呟いた。

初めて彼の家に泊まるとあって、それなりにドキドキしていたのだが……ふたを開けてみれば、ほぼベッドの上で過ごしていたように思う。それは、克己に求められていたせいもあったけれど、主な原因は立夏の体力が尽きていたせいだ。さすがにひと晩で二回三回と抱かれると、翌日出かける気力も起きない。しかし克己はケロっとしていたものだから、年の差を感じずにはいられなかった。

（でも……一緒にいるときは、そんなに年の差は感じないけど……課長はどう思ってるんだろう）

幾度となく抱かれた疲労感で考える余裕もなかったが、彼は立夏にプロポーズをした。なぜそこまで焦る必要があるのか、冷静になって考えても、答えは見出せない。

（子どもが早く欲しいとか……なのかな）

それならば、立夏の年齢のこともあるし、結婚を急ぐ気持ちもわからなくはない。ただ、彼の場合、どうもそういうことではない気がする。

（課長の気持ちもだけど……自分の気持ちもちゃんと整理しないと）

克己のプロポーズは驚いたけれど、嬉しかったことは事実だ。それに彼に抱かれているとき、気づいてしまった。ずっと、自分に踏み込んでくれる男性を求めていたことに。

（……結婚か。いざ自分のことになると、戸惑うものなんだな）

まなみの結婚式で感傷的になるくらいには、自身の状況を憂いていた。それがいざ結婚を申し込まれると、不安が出てくる。

結婚するなら克己以外の男性は考えられないが、もともと恋愛に臆病なことも災いしているのかもしれない。彼と過ごした短期間で結婚に踏み切るには、まだためらいがある。もう少し勇気と時間が必要だった。

「渡辺さん、ここいいですか？」

「ええ、どうぞ」

立夏に声をかけてきたのは、現在記念事業プロジェクトのチームメンバーで克己の同期の田辺今日子だった。ふわふわとした肩までの髪に、少し下がった目尻が可愛らしい女性で、立夏にも気さくに声をかけてくる。プロジェクトのメンバーに入ったことが縁になり、たまにランチを一緒にとるようになった。

「いよいよ来月末ですよねー、記念事業の商品発表会！　北條もすごく張り切ってますし、楽しみですよね」

「うん。わたしは途中からだけど、課長がすごく力を入れていることは傍でもわかったから、成功させたいって思ってる」

立夏の声に、わずかか力がこもる。それは恋人の成功を願う気持ちでもあったし、純粋にメンバーとしての想いでもあった。今日子は立夏の様子に、満面の笑みを浮かべて賛同を示す。

「そうですね。わたしもそう思います！　でも発表会が成功したら、また北條は出世しそうですよね。人事の友達に聞いたら、あいつ海外支社に栄転する話も出てるらしいですよ」

「栄転……？」

昇進するだろうとは予想していたが、栄転するとまでは考えていなかった。立夏の問いに、今日子が周囲を窺って声をひそめる。

「北條はもともと入社当初から海外赴任に興味持ってましたし、今回も大きいプロジェクトのリーダーを務めてますしね。もう栄転は確実じゃないですか？」

「……っ」

思いがけないことを聞いて、立夏は声を詰まらせた。表面上は平静を装いながらも、かすかに指先が震えている。

克己が海外支社に興味があったとは聞いていなかった。人事から話がすでに流出しているとあれば、本人に口頭内示があってもおかしくはない。克己がチームリーダーになったのは前任者の入院が原因だが、期せずして実績を積む結果になった。彼は以前に自らの企画した商品をヒットさせているし、今回も創業記念事業を成功に導いたとなれば出世は確実だろう。海外支社に興味を持っていたのなら、以前から本人も希望を出していたとしてもおかしくない。

「あとは北條が結婚してれば、出世街道待ったなしって感じですよね」

小野田製菓は実力主義の会社ではあるが、本社や支社に関わらず独身者は課長以上の役職に就いていない。克己のようにトントン拍子で昇進している者を除けば、役職に就いているのはそれなりの年齢だから、妙齢で結婚してその後昇進——というケースが多い。

だから、今日子の言っているように、結婚と昇進がイコールでは決してないが、妻帯者であることが重要視される風潮も確かにある。

（課長は……昇進のために結婚を急いでいたってこと……？）

そんなふうに思いたくないが、明らかに彼のプロポーズは焦っていた。

ただでさえ、克己がなぜ立夏に執着しているのかわからない。たとえば自分が、目の前にいる今日子のように、誰から見ても可愛い女性であったなら——三十歳手前の女でなかったなら、もっと自信が持てた。

だが、〝可愛げのない女〟だという思いを長いこと拗らせている立夏は、かすかな違和感を覚えてしまうと、思考はどんどん負の方向へ引きずられていく。

（課長は……わたしと結婚をしたいんじゃなくて、ただ単に結婚しているという事実が欲しいだけなの……？）

立夏を好きだと言って、頑なな心を溶かしてくれた克己。彼の言動すべてが結婚相手の欲しさゆえだと信じたくないが、そう考えれば辻褄が合う。

疑念が真っ白な布に垂らした墨のように広がり、立夏は心が濁っていくのを感じていた。


記念事業の総括となる商品発表会まであとひと月弱となった。

発表会の準備や克己の発案による動画の制作の調整で、チームのメンバーは多忙を極めている。リーダーの克己は特に本社にいるよりも外部に出向くことが多くなり、立夏とはすれ違う日々が続いていた。

そんなある日の退勤後、直帰の予定だった克己から連絡があった。オフィスからひと駅の位置にあるデパートに呼び出されて赴くと、入り口にいた彼がすぐに立夏を見つけてくれる。

「すみません、急に呼び出して」

「いえ……何かあったんですか？」

「何もありませんよ。仕事が思ったよりも早く片付いたので、立夏さんと癒されに行こうかと思ったんです」

克己はさり気なく立夏の手を取ると、デパートの中に足を進めた。

発表会が迫っていることもあり、このところ克己とはプライベートで会っていなかった。

休日も都合が合わなかったり出勤していたこともあり、ふたりきりになるのは久しぶりのことだ。

だから、克己の海外赴任の噂についても、まだ確認できていなかった。

メールは休日に交わしていたが、朝食や夕食の話など、付き合う前と同じような他愛のない話題に終始した。メールでするような話でもないと思ったからだ。そして、確認したことにより、自分の疑念が真実になるのが怖かったのもある。

（課長が、ただ結婚相手を欲しがっているだけだってわかったら、わたしはどうするつもりなんだろう）

もし自分の疑念がまったく見当違いだったのだとしたら、克己のプロポーズを受ける覚悟はあるのだろうか。

自分の手をしっかり握っている彼の手のぬくもりが愛しいと思うのに、彼と会っている時間を素直に喜べない。ただ今わかっているのは、克己の手を離したくないということだけだ。

「立夏さん、着きましたよ」

克己に声をかけられて意識を引き戻すと、いつの間にか催事場に誘導されていた。期間限定で様々な催しが開催されるスペースだが、現在は動物専門の写真家よるネコの写真だけを集めた写真展が開かれている。

「あ……この写真家のカレンダー、わたしの部屋にあります」

玄関には自社のカレンダーが飾ってあるが、それとは別に部屋の中にあるネコのカレンダーは、この写真家が撮影したものだ。名前を見て驚いた立夏が克己を見上げると、彼はふっと笑みを浮かべる。

「立夏さんの部屋に入ったときに見たことを覚えていたんです。たまたまここで写真展が開かれていることを知って、チケットを入手したんですが……最近時間が取れなくて、誘うのが遅くなりました」

仕事に追われている間も、克己は自分とのことを考えてくれていた。

（こんなに大事にしてくれる人が、ただ結婚相手が欲しいからプロポーズしてきたなんて思いたくない）

立夏は克己に呼び出されてから、初めて肩の力を抜いた。

「……ありがとうございます。嬉しいです」

「よかった。しばらく立夏さんとの時間を取れなかったので、愛想を尽かされたのかと思いました。……ここに来るまでずっと、俺を見てくれなかったから」

「あ……」

自分の思考に沈んでいた立夏は、恋人を前に意識をおろそかにしていた。暗に指摘されてなんとも言えずにいると、彼は気にした様子もなく立夏の手を引いた。

会場に足を踏み入れると、白い壁一面に飾られたネコの写真に目を見開く。

「あっ、この写真……去年のカレンダーの表紙に使われていました」

日本家屋で日向ぼっこしている子猫の写真を見て、立夏の顔がほころぶ。たまにこうした写真展を訪れることはあったが、最近足が遠のいていたため気分が高揚していた。

「写真集やポストカードなんかも販売しているみたいですね。あとで見に行きましょうか」

「はい！」

つい力をこめて返事をした立夏に、克己が破顔する。

「やっぱり立夏さんは、ネコを見ているときはいい顔をしてますね。俺以外に、その顔を知っている人がいるとしたら……妬けるな」

「……わたしが、ずっと恋人がいなかったことは知っているじゃありませんか」

「以前の彼氏は、立夏さんの趣味を知らなかったんですか？」

「言っていませんでしたから……」

「よかった。それなら、立夏さんの可愛い顔を知っているのは俺だけですね」

満足そうに克己が笑い、つないでいた手を持ち上げた。そして、自身の口もとへ寄せると、立夏の薬指にキスを落とす。

「早く、ここに指輪を贈りたいです。ねえ、立夏さん。もし今すぐ結婚することに抵抗があるなら、まず一緒に住んでみませんか？」

「な……そんなこと、できるわけないじゃありませんか」

「なぜです？　結婚前に同棲することに抵抗がありますか？」

「そういうことじゃなくて……」

一緒に住むとなれば、今のアパートから引っ越さねばならない。そうなれば会社に転居届を提出する必要がある。必然的に、会社に自分たちの関係を知られてしまうだろう。ひろ子に告げるのとは訳が違う。互いの仕事に差しさわりがあるのは明白だし、立場のある克己ならなおのことだ。

そう説明したところ、克己は一笑に付した。

「俺の立場を考えるよりも、俺の気持ちを考えてください。俺は、会社に言っても構いませんよ。むしろ、知って欲しいと思ってます。貴女がプロポーズを受けてくれれば、いずれにせよ上司に報告することになるでしょうし、公になるのが遅いか早いかだけの違いです」

「……わたしが、プロポーズを受けることが前提ですよね、それ」

「ええ。受けてもらえると信じています。断られることを前提にプロポーズするほど、後ろ向きな性格ではないので。それに……」

「あっ、北條！　それに渡辺さんも。偶然ですね！」

克己が何かを言いかけたとき、突然背後から声が投げかけられた。振り向いた先にいたのは、今日子だった。無意識に克己から手を離そうとすると、彼はそれを阻むように力をこめた。

「田辺さん、珍しいところで会いますね」

克己はオフィスにいるときと同じように、にこやかに今日子に応じた。対する彼女は、「友達にチケットをもらったから」と言いながら、ふたりが手をつないでいる姿を見て目を丸くする。

「ちょっ……えっ、ふたりってそういう関係⁉」

「立夏さんと付き合ってます。でも、立夏さんは照れ屋だし、今はプロジェクトチームの一員になっているから、周囲には言ってないんですよ」

克己はあっさり立夏との交際を宣言すると、驚いている今日子にくぎを刺す。

「だから田辺さんも、発表会が終わるまで黙っていてもらえますか？」

「言いふらすつもりないから心配しなくていいよ。渡辺さんをチームに引っ張ったの北條だし、渡辺さんが贔屓されてるとか噂されたら嫌だから」

「ありがとうございます。助かります」

「べつに、北條のためじゃないよ。あんたなら多少の噂なんてものともせずに、どうせ出世するだろうし。でも、北條に彼女がいるってわかったら、ショック受ける子も多いんだろうなー。この前もしつこく飲みに誘われてたじゃない」

「本当に田辺さんは、歯に衣を着せませんね。そういうところは好ましいと思いますよ」

「北條も、何があっても動じないところはさすがだよね。ちょっと完璧すぎて引くけど」

ポンポンと進んでいく会話は、同期の気安さゆえだろうか。自分といるよりも、今日子と並んでいるほうがずっとお似合いに見えてくる。

こんなに後ろ向きな性格では、ますます克己にふさわしくない。卑屈になってしまうのは、自分に自信がないからだとわかってはいるのだけれど。

「じゃあ、お邪魔してても悪いからわたしはこれで。渡辺さん、今度詳しく話聞かせてくださいね」

今日子はいたずらな口調でそう言うと、その場を立ち去った。今日子の姿が見えなくなると同時に、克己は肩をすくめる。

「見た目に反して強烈な性格ですよね、彼女は。そこが付き合いやすいんですけど」

「……ずいぶん仲がいいんですね」

拗ねたような物言いをして、ハッとして口をつぐむ。すると克己が、つないでいた手を引いて肩を抱いた。

「妬いてくれたんですか？　嬉しいです」

「違います……っ、わたしはただ……自分よりも、田辺さんみたいな子のほうが貴方にお似合いだって……」

つい口にしてしまった台詞は、立夏の本心だった。しかしそれを聞いた克己は、見る見るうちに表情が失われていく。完全なる無表情でいる彼を目にしたことはなく、立夏は驚いて凝視してしまった。

「……もしかして、貴女が俺との結婚に及び腰なのはそう思っていたからですか？」

「え……？」

「俺に似会いの女がいたとしたら、貴女は俺を手放すんですかと聞いているんです」

「そ、れは……だって、課長は結婚したいんでしょう？　昇進するために、奥さんが必要なんでしょう？」

「いったいなんの話です？」

怪訝そうに問うてくる克己に対し、立夏は胸の奥に溜まっていた疑念を一気に吐き出した。

「付き合って日が浅いのに、プロポーズしてくるなんて……結婚を焦っているとしか思えません。課長はまだ結婚を焦るような年でもないのに、どうして結婚したいのかって考えたら……昇進するためとしか思えなかったんです……っ」

人目もはばからずに感情をぶつけた立夏。しかし克己の表情は、先ほどとまったく変化がない。眉ひとつ動かさずに、深いため息をつく。

「……なぜ貴女がそんなふうに思い込んだのか、俺には理解できないししたくもありません。ただ……自分の気持ちを貴女に信じさせることができないことが情けないです」

立夏の肩を抱いていた手を離した克己は、抑揚なく続けた。

「少し、距離を置いたほうがいいかもしれませんね……俺たち」

克己はそれだけを言うと、立夏に背を向ける。

ひどいことを言ったのに、それでも彼は立夏を責めなかった。そのことが、立夏にいっそう深い罪悪感を与える。

（わたしは……あの人を傷つけてしまったんだ）

ふたりの間に取り返しのつかない溝ができたようで、立夏はその場に立ち尽くしていた。

6章「一生離しませんから」

十月下旬。いよいよ創業記念事業のプレスリリース、及び発表会を控え、調整に追われていた立夏は、ようやく休日になりひとり部屋でぼんやりしていた。

（このところ、目まぐるしく時間が過ぎていた気がする……）

小野田製菓のロングセラー商品『にゃん太郎チョコ』姉妹品の発売発表会ということで、通常よりも大きな規模になる。多数のメディアと、テレビＣＭに出演することが決定しているアイドルグループを迎えての会は、当日はかなり盛況になることが予想された。そのため、チームメンバーは上層部から直々に、「必ず成功させろ」と厳命を受けている。チーム内も日に日に重圧が増していく中、リーダーの克己が感じる重圧は通常のそれではないだろう。

写真展を訪れて以来、克己とはプライベートな関わりは持っていなかった。

互いに多忙だったし、「距離を置いたほうがいい」と言われて連絡できるような勇気は立夏にない。ずっと続いていた他愛のないメールのやり取りも途絶えているし、オフィスでふたりきりになっても「渡辺さん」と他人行儀な呼ばれ方をしていた。

立夏は付き合ってから幾度となく、彼から呼び方について注意されていたことを思い出す。

自分が彼をふたりきりでも「克己」と呼べなかったのは、ずっと「北條さん」「課長」と呼んでいたから、急に切り替えができなかったからだ。でも、自分がいざ「渡辺さん」と彼に呼ばれたら、予想以上に寂しいものだと知った。

彼がずっと「立夏さん」と呼んでくれていたのは、立夏を特別に扱ってくれていたからなのだと、今さらながらに思い知る。

（謝りたい。だけど……もうわたしとは関係ないって思われてたら……）

克己から決定的な別れを告げられるのが怖い。結婚式の二次会で克己に涙ぐんでいたところを見られてから、ずっと熱烈に迫られていた。ようやく彼を好きだと気付いて恋人同士になれたというのに、今あの男を失えば、大学時代の失恋の比ではない傷を負うだろう。

それくらいに、今の自分は克己に想いを寄せている。こうなって改めて自分の気持ちに気付くなんて、どれだけ鈍いのだと自嘲する。

克己と過ごすようになってからは、土日のどちらかはほぼ会っていた。その時間がなくなっている現在、どうにも手持ち無沙汰だ。それ以前はどうやって過ごしていたのかを思い出せないくらいに、彼と濃密な時を過ごしていたのだ。

「……自業自得、か」

ひとり呟いたとき、テーブルに置きっぱなしにしていた携帯が鳴った。

弾かれたように手帳型のケースを開くと、画面に表示されていたのは予想外の人物。

「……まなみさん」

商品開発課のかつての上司、三浦まなみだった。


「――久しぶりねー、立夏。元気だった？」

その日の午後。まなみに呼ばれた立夏は、彼女の住んでいるマンションを訪ねた。次長は接待で出かけているそうで、時間の空いた彼女が立夏に声をかけてきたというわけである。

「なんとか元気でやっています。あ、これ……旦那様とご一緒にどうぞ」

立夏が途中で買ってきたケーキを差し出すと、「気を使わないでいいのに」と笑って受け取ってくれた。

「お茶を淹れてくるからちょっと待ってて」

まなみがカウンターキッチンでお茶の準備をしているのを眺めながら、立夏はリビングを見渡した。日当たりのいいリビングに陽が射し込み、真新しい家具を照らしている。壁や棚にはふたりの結婚式をはじめとする写真が飾ってあって、新婚家庭らしさを窺えた。

立夏を出迎えてくれた彼女の表情からも、しあわせそうな様子が伝わってくる。

まなみの結婚式で、複雑な想いを抱いていた。しかし今では、まったく胸は痛まない。

しあわせになって欲しいと、心から言える。

（あの人が、ずっと傍にいてくれたから……だからわたしは、前を向くことができたんだ）

気づけば立夏の生活には、至るところに克己の痕跡が残っている。アパートの部屋では、彼にもらったプレゼントが存在を主張しているし、今日も彼にもらったネックレスを身に着けていた。

「お待たせ。今日はくつろいでちょうだい。久しぶりに、いろいろ聞きたいわ」

「わたしも、新婚生活のこといろいろ聞きたいです」

そこからは、互いの近況報告に花を咲かせた。まなみは立夏が創業記念事業プロジェクトチームの一員になったことを夫から聞いていて、その重責を労ってくれる。

「しかも、北條くんがリーダーになったんだって？　いろいろアクシデントもあったみたいだけど、発表会まであと少し頑張ってね」

まなみの夫である営業一課の次長もまた、記念事業関連で多忙だという。そのため、新婚旅行は一段落したのちなのだと笑って語った。

「立夏も、一段落したら少しのんびりするといいわ。彼氏がいればいいんだけど……これだけ忙しかったら彼氏もできないわよね」

苦笑交じりにそう言われ、立夏は曖昧にうなずいた。

まなみがまだ社に在籍中は、仕事帰りで飲みに行ったことも多くある。しかし、そこまで踏み込んだ話はしておらず、どちらかといえば仕事の話題が主だった。たまにプライベートな話題も出ることはあったが、恋愛関係の話にはほとんど触れてこなかった。彼女から聞いた初めての恋愛話が、次長と付き合っているという報告で、その後は結婚話だったものだから、自分の状況を積極的に語れなかったのである。

だが――。

「……まなみさん、ひとつ聞いてもいいですか？」

「うん、何？」

「次長と結婚を決意した決め手ってなんでしょうか」

立夏はこれまでにはなく、踏み込んだ質問を投げかけていた。それはまなみにも伝わったようで、彼女は一瞬目を丸くすると、微笑して答える。

「珍しいわね。立夏が恋愛や結婚のことを話題にするのって。わたしたちは、一緒に飲んでもほとんど仕事の話だったからね。でも……そうね。彼と結婚したのは、一緒にいて自然体でいられるからかな」

「自然体……？」

「そう。なんの無理もしないで、一緒にいられるの。結婚して一緒に生活する相手としたら、それって重要でしょう？」

言われてみれば、そうかもしれない。立夏は克己といるときの自分を思い浮かべる。

彼といるときは、ネコグッズを前に興奮したり、プールではしゃいだりと自然体でいられた気がする。克己が、自然体でいられるよう気を配ってくれていたからだ。

　感情があまり顔に出ないはずの立夏が、彼と関わったことで表情が表に出るようになった。喜びや戸惑い、想い想われるしあわせを、克己が教えてくれたからだ。

「立夏は、なんだか変わったわね。今までこんな話、したことなかったけど……もしかして、彼氏できた？」

「……はい。でも、プロポーズしてくれたのに、わたしが臆病で、彼の気持ちを疑ってしまったんです。それで、少し距離を置こうということになって……」

　相手が克己だということは伏せて、付き合って間もない彼にプロポーズされて返事をできなかったことを説明する。話を聞いていたまなみは、かつてオフィスにいたときの調子で言った。

「状況はわかったわ。それで、立夏の気持ちはどうなの？」

「え……」

「彼と一緒にいたいのか、それともこのまま別れるのか……今の説明だと、どっちにも決めかねている。違う？」

「違い……ません」

「慎重なのはいい。でも、臆病でいたらダメよ。付き合っている期間が長くても短くても、別れるときは別れるの。だから、自分が後悔しないように考えなさい。ひとりで悩んでいるんじゃなく、きちんと彼と話し合いなさい。いいわね？」

まるで上司に戻ったようだ。そう思いながら、立夏は彼女に首肯した。そして、胸もとを飾るネックレスをそっと手で押さえると、彼を想う。

克己は常に、立夏を受け入れてくれていた。自分はその想いに甘えるだけで、受け身でいたのだ。

(今度は課長に……克己に、自分から気持ちを伝えよう)

――克己と一緒にいたい。彼以外にそんなふうに思える人は、この先きっと出会えない。

確信した立夏は、晴れ晴れとした気持ちでまなみの家を後にした。


十月末。都内にある高級ホテルの大宴会場を貸し切って、小野田製菓五十周年記念事業の発表会が行われた。

記念事業プロジェクトチームの面々は、会場のセッティングの確認や大勢集められた各マスコミや関係者らの誘導など、それぞれに動き回っていた。立夏もまた、発表会で披露される動画の再生機器の確認を行うなど、各々が滞りなく発表会が進行するよう務めている。

やがてＣＭに出演する芸能人が、自社のキャラクター『にゃん太郎』のぬいぐるみを持って現れると、たくさんのフラッシュが炊かれた。

（ここまでは、予定通りに進行してる……）

会場の片隅で進行を見守っていた立夏は、壇上の袖で打ち合わせをしている克己が目に留まった。

克己に気持ちを伝える機会を窺っているうちに今日を迎えてしまったが、彼は司会進行役で、『にゃん太郎チョコ』姉妹品発売の発表と、これから流れる動画の説明、そしてCMに出演する芸能人の囲み取材にも対応する予定だ。ただでさえ仕事の多い克己に、プライベートのことで煩わせたくない。だから、気持ちを伝えるのはこの発表会が終わってからと決めていた。

（でも……なんだか、いつもよりも表情が硬い気がする……）

笑顔を絶やさずに、周囲に指示を与えているように見える。だが、立夏はどことなく違和感が拭えない。

少し心配になって彼の様子を見ていると、チームメンバーである今日子が立夏に小声で話しかけてきた。

「渡辺さん、社長の到着が遅れるって連絡が入りました。なんでも、渋滞にはまっているとかで……登壇予定の時間には間に合わないかもしれないって」

社長が間に合わないとなると、タイムスケジュールを変更し、それまで準備していた動画の披露や取材を前倒しする必要がある。正直、何事もなく進行してくれることを願っていたが、そうスムーズに事は運ばないようだ。

「……わかりました。それなら、社長のあいさつを最後にしてもらう必要がありますね。北條課長に伝えます」

「お願いします。でも北條なら、上手くさばいてくれますよね。今も、いつも通り余裕の顔してますし」

今日子の視線が、打ち合わせをしている克己へ向く。しかし立夏にはとても余裕の顔つきには見えない。

今日子に軽く手を上げて克己のもとへ向かう。すると、気付いた彼が笑みを張り付けて立夏を見る。

「渡辺さん、どうかしましたか?」

「はい。社長の到着が遅れるので、タイムスケジュールの変更が必要になりそうです」

その他にも、細かな伝達事項を余さず伝えると、最後にポケットからチョコを取り出した。

「大丈夫です、課長なら。誰よりもこの発表会に賭けていたことを、みんな知っています。だから自信を持って臨んでください」

克己は、緊張している。他の誰にもわからずとも、立夏にはそう感じ取れた。だから少しでもリラックスして欲しくて、常備している『にゃん太郎チョコ』を差し出したのだが

――彼は虚を衝かれたように固まっていた。

(もしかして、全然見当違いだった……!?)

珍しい彼の反応に、たちまち動揺する立夏。けれども克己が固まっていたのはほんの数秒で、やがて見惚れてしまいそうな魅力的な笑みを浮かべた。

「……また貴女に助けられましたね」

「え……？」

「なんでもありません。見ててくださいね――立夏さん」

立夏の名を呼んだ克己はチョコを食べると、すれ違いざまに肩をポンとたたいて壇上へ向かう。その姿はすでにいつもの彼であり、落ち着きを取り戻したようだった。

（少しは役に立てた……のかな）

克己の役に立てたこと、そして久しぶりに彼に名前を呼ばれたことが、立夏の胸を弾ませる。

「――それでは、小野田製菓創立五十周年記念事業について、概要を説明させていただきます」

壇上で克己が第一声を発すると、その場のすべての視線が彼に集中する。

その後も、先ほど見たときとは打って変わって堂々とした振る舞いで発表会を仕切る克己を見て、立夏は心から安堵していた。


社長が会場の到着に遅れるというアクシデントはあったものの、発表会は無事に幕を閉じた。

発表会後は、同じホテル内の別の宴会場で慰労会を開くことになっている。

すでに大多数がそちらへ移動している中、立夏は最後まで残って撤収作業を手伝っていた。ようやく終わって会場を出ると、発表会が無事に終わったことをようやく実感する。

まだ来年に商品が発売するまでは気が抜けないが、ひとつの大きな山を越えたことで解放感に包まれた。

（課長は、もう慰労会に向かったのかな）

今日、発表会を無事に終えたのは、間違いなく克己の働きが大きい。きっと慰労会では主役となって、皆に称賛されることだろう。

想像して、自分のことみたいに誇らしく思っていたとき、

「立夏さん、ここにいたんですね」

克己がどこか急いでいる様子で、立夏に駆け寄ってきた。

「すみません、ちょっと付き合ってください、急用なんです。このまま出られますか？」

「はい。荷物は持っていますが……何かアクシデントですか？」

先ほどまで浸っていた解放感から、一気に背筋に緊張が走る。克己は立夏の問いには答えずにホテルを出ると、タクシーに乗り込んだ。けれどもなぜか、彼が運転手に告げた行き先は会社ではなく、自身のマンションである。

後部座席に深く背を預けた克己の横顔に、立夏は戸惑いつつ再度問いかける。

「課長、あの……急用っていったい……」

「……立夏さんに触れられなくて、狂いそうでした。このままだと、うっかり皆の前で地を出してしまいそうなので、慰労会は辞退させていただきました」

「な……に、馬鹿なことを言ってるんですか。主役が会場にいないなんて……」

克己は立夏の指に自身の指を絡めると、前を向いたまま答えた。

「俺が主役じゃありません。このプロジェクトに携わったすべての社員が主役です。だから俺ひとり抜けたところで、慰労会にはなんの影響もありませんよ。ちゃんと欠席することは伝えてありますし」

さすがに抜け目がない。彼のことだから、それらしい理由をつけて欠席したのだろう。

立夏はやや安堵したところで、まだ告げていなかったことを言う。

「……お疲れ様でした、課長」

「ありがとうございます。立夏さんのお蔭です。……あのとき貴女が俺に声をかけてチョコをくれなければ、正直ボロボロだったと思います」

「そんな……大げさです。確かに少し緊張されているように見えましたけど、課長なら切り抜けられたはずです」

「いえ……貴女に助けてもらったのは、これで二度目なんですよ」

克己は懐かしそうにそう言うと、説明を始めた。

それはまだ、克己が昇進する前。今から約二年近く前のこと。当時新商品のプレゼンを任された克己だったが、重役たちの承認が下りずに行き詰っていた。そんなとき、偶然残業していた立夏に疲労を見抜かれ、チョコをもらったという。

「……俺は、オフィスでは弱みを見せていないつもりでした。でも立夏さんは、その当時俺が行き詰っていることに気づいてくれたんです。今日、俺が緊張していたことを気付いてくれたように、ね」

そのとき克己は立夏との会話に触発され、ヒット商品を生み出した。だから克己にとって立夏は特別な女性であり、知れば知るほど惹かれたのだと彼は語る。そして今回の創業記念事業は、立夏からもらったチョコの姉妹品だからこそ、必ず成功させたかったのだ、とも。

「立夏さんにとって、プロポーズは急すぎたでしょう。でも、俺にとっては自然な流れだったんです」

彼の言葉が、立夏の胸に染み渡る。自分でも覚えていないような出来事で彼が救われ、それがきっかけで立夏に好意を抱いたなんて、思いもよらなかった。

立夏が思っていたよりもずっと、彼は真剣に思ってくれていた。それなのに疑ってひどいことを言ってしまった。立夏は感じている後悔を彼に伝えようと、口を開く。

「……ごめんなさい。わたし……ひどいことを言いました。いくら不安だったからって、課長を疑って……」

「いいんですよ。俺も、ちょっと意地悪しました。わざと距離を置いたんです」

今まで押してばかりだったので、あえて距離を置くことで自分の存在を意識させるように仕向けた——そんなことを克己は言った。彼の手管にまんまと引っかかった立夏だが、怒りはない。距離を置くことで、見えた気持ちも確かにあったからだ。

「わたし……もしも課長が海外赴任になったとしても、待ってますから」

「えっ……立夏さん、海外赴任って……」

克己が何かを言いかけたとき、タクシーが彼のマンションに到着した。「続きは部屋で話しましょう」と会話を中断させた彼は料金を支払うと、立夏の手を引いて足早にエレベーターに乗り込む。そして立夏に壁を背負わせると、頭の横に両手をついて、じっと見つめた。

「誰から聞いたのか想像がつくので、この際そこには触れません。ねえ、立夏さん。俺が海外に赴任することになったら、ひとりで待つんですか？　寂しくありません？」

「それは……寂しいです。でも、しかたのないことですし」

「俺は嫌です。片時だって離れていたくないのに。——まあ、以前打診があったのは事実ですけど、お断りしてるんです。俺が海外支社に興味があったのは、入社当時の話ですしね」

「え……」

「それに、もし仮に赴任を引き受けたとしても……貴女をひとり残して海外支社になんて行くはずがないでしょう。もし行くとしたら、貴女も一緒です。言ったでしょう？　逃がさないって」

エレベーターが到着すると、壁から手を離した克己がふたたび立夏の手を引いた。鍵を開けるのももどかしいというようにドアを開き、立夏を中に引き寄せる。

「課長、あの……」

「もう、限界です。貴女に触れたい」

克己は、ドアがゆっくりと閉じたのを合図に立夏を抱きしめた。そのまま欲求をぶつけるかのように、強引に唇を重ねる。

「んぅ……ふ……っ、んんっ」

持っていたバッグが床に落ちる。それでも彼は構うことなく、立夏の唇を貪った。会えない時間を埋めるかのような激しいキスだ。シプレ系の香りも、久しぶりのキスも、理性を溶かすほど心地いい。

床に落ちたバッグを拾うことなくパンプスを脱ぎ捨てた立夏は、克己のキスに没頭した。お互いに狂おしいほど求め合っている。それを表すかのように、どちらからもキスを解かずに部屋の中へ移動した。

克己は性急な仕草で立夏の服を床に散らばしながら寝室のドアを開けると、ベッドになだれ込む。そこでようやく唇を離し、熱い吐息を吐いた。

「立夏さん、愛してます。聞かせてください……貴女の気持ちを」

ネクタイをゆるめ自分を見下ろす男の顔は、欲望を湛えていた。すでにインナーのキャミソール姿になっていた立夏の胸が、激しく上下している。彼の強すぎる視線に息を呑むと、立夏は告げなければいけないことを舌にのせた。

「……好きです。愛してます。だから……貴方の傍にいさせてください」

「ええ、もちろんです。一生離しませんから……そのつもりでいてくださいね？」

「あ、んっ、あぁぁっ……！」

克己はキャミソールごとブラを引き上げると、乳房を揉みしだいた。つつましく勃ち上がった先端を口に含み、強く吸われる。歯を立てられて甘噛みされると、立夏の腰が小さく跳ねた。

「やっ……ぁあっんっ」

唾液をたっぷりと纏った生温かい舌が、立夏の官能を呼び起こすように淫猥に動く。胸の頂きを咥えたまま上目で見つめられて、内奥が窄まった。キスをしたときから蜜口は淫らに開き始めているというのに、なおさらショーツの中に蜜を蓄えてしまう。

血液が沸騰しそうなほどの羞恥に、立夏が思わず視線を外す。すると克己は立夏の足を広げさせ、ショーツのクロッチを指先で押した。

「あっ、はぁっ……ンッ」

「いつもよりも多く濡れてますね。可愛くて、いやらしい身体だ。すごく好みです……たくさん俺を味わってくださいね」

克己の声は甘く耳朶を撫で、理性も身体も溶かしていく。一気にショーツを足首まで下ろされて、空気に触れた恥部が戦慄く。期待感に高まった体内は、彼のくれる刺激を待ち望みひくついている。

　恥ずかしい。それなのに、もっと彼を近くで感じたい。

　そんな思いで彼を見上げると、克己は自身のまとっている服をすべて脱ぎ去った。そして立夏のキャミソールやブラを丁寧な手つきで外すと、最後にショーツを足から抜き取る。

「今日は、ちゃんと服を脱いで立夏さんと愛し合いたいんです」

　克己は立夏に覆いかぶさると、キスをしながら足の間に指を差し入れた。淫蜜で潤う割れ目に指を沈み込ませると、くちゅくちゅと音を立てながら往復させる。ぬるつく花弁の感触を愉しんでいた指先は、やがて花芽を捕らえると蜜をまぶして撫でてきた。

「んんっ……ふ……ぅっ、んぅっ」

　キスを解かずに絶え間なく与えられる刺激に、立夏はくぐもった声を漏らすだけだ。口腔では彼の舌が這いまわり、恥部では快感に悶える花芽を撫で擦られて、いかんともしがたい快楽が押し寄せてくる。

「んー……っ、ふぅっ……んんっ……！」

　彼に花芽をぎゅっと摘まれた瞬間、立夏の内壁がびくんと収縮した。蜜口からははしたなく蜜があふれ出し、シーツまでぐっしょりと濡らしている。

「上手にイけましたね。今度は、俺の番ですよ」

　克己はキスを解くと、手早く避妊具を着けて割れ目にあてがった。膜越しに感じる彼自身は息を呑むほど硬く張り、欲情を伝えてくる。

　達したばかりだというのに、ただ割れ目に添えられただけで内奥がはしたなく疼いている。もっと大きな充足が得られることを、身体は知っているのだ。

　猛々しい彼の感触と、次に待ち受ける衝撃を予想して、ぶるっと背筋が震える。立夏が無意識に腰を左右に振ったとき、克己が嬉しそうに微笑んだ。

「欲しいですか？　俺が」

「い、言えな……」

「言ってください、俺が欲しいって。立夏さんが望むなら、俺はなんだって叶えます」

　彼自身も熱く昂ぶり、今にも立夏の中に押し入ろうと待ち構えている。それなのに克己はすぐに挿入せずに、焦らすように自身で花芽を突いてくる。

「はぁっ……意地悪……しないで……くださ……」

「でも、好きでしょう？　俺に意地悪されるの」

　艶めかしい声が鼓膜を震わせる。

　思わず腰を引きかけたとき、彼の手が立夏の膝裏にまわって足を大きく開かせられた。彼の猛りが視界に入り、その途端に克己を求めるかのように最奥が切なく疼く。

「欲しい……です。克己、が……欲しい」

　身も心も、克己だけを欲して求めている。快感に侵された声で告げたとき、ほんの一瞬克己が息を呑む。艶めかしい表情に見惚れた刹那、獰猛な彼の猛りが立夏に押し込まれた。

「あぁっ……！」

濡れた襞を押し開くように、熱の塊が胎内に埋まっていく。その圧に蜜口は引き攣れたような痛みを覚えたものの、内壁は悦んで絡みついている。彼が進むたびに媚肉と擦れ、淫蜜がその動きを助けるかのようにとめどなく溢れていた。

「あ、あぁぁ……っ、かつ、み……っ、ん！」

「貴女に欲しがられることが、こんなに嬉しいなんて、ね……立夏さんは本当に、俺の理性を奪う天才です」

甘くかすれた声でつぶやくと、克己は奥処まで自身を突き入れた。足を抱えられたまま、つながりの上部で震える淫らな粒を弾かれて、立夏は堪らず喉を反らせる。

「やぁっ……それ……は……ぁっ」

「でも、好きでしょう？　ここ……ほら、また締まった」

「あっ、は……あぁぁ……ッ」

凶悪な楔を打ち付けられるだけでなく、敏感なつぼみを弄られてはひとたまりもない。つま先が宙を掻くと、それを押さえ込むように体重をかけられる。彼はつぼみから手を離すと、今度は揺れる双丘を鷲づかみにした。その頂きを摘まみ上げながら、立夏に腰を打ち付ける。

屹立が隘路を満たし、かき出された淫蜜が恥部を濡らす。克己は腰をグラインドさせながら立夏の弱点を熱い楔で何度も強く突き、そのたびに質量を増している。彼に激しく攻め立てられれば抗う術はない。肌が粟立ち、淫悦の極みへ昇りつめていった。

「あっ、あぁぁ……っ、も……だめ……ぇっ」

一度極めている身体は、すでに限界を訴えている。激しい抽送で結合部では淫蜜が白く泡立ち、感覚のすべてが愉悦に染められていた。

絡みつく柔肉を振り切るように、何度も最奥を穿たれる。彼は汗を滴らせて立夏を見つめると、甘い命令を発した。

「イって、立夏さん」

「ひゃぁぁっ……んっ、あ、あぁぁぁ……っ！」

熱く潤みきった体内が収縮する。悲鳴のような嬌声を上げて、立夏は快感を極めた。目じりに涙が浮かび、視界が薄くなってくる。それなのに、まだ悦の余韻で痙攣している媚肉が彼のものに吸い付いている。

「っ、まだです。もっと、立夏さんの中を味わい尽くしたい」

眉を寄せて克己はささやくと、収まる気配のない漲りで立夏をふたたび満たしていく。

彼が達するまで何度も求められ――それは立夏の意識が失われるまで続いた。


翌日。目覚めた立夏を襲ったのは、腰の痛みだった。様々な体勢で貫かれたことで、恥部はひりひりとしていたし全身が気怠い。しばらく身体を起こせずにぼんやりしていると、すでに起きていた克己が寝室へ戻ってきた。

「立夏さん、おはようございます。何か食べますか？　それとも先にシャワーにします？」

克己は昨夜、激しく立夏を責めた男とは思えないほど平然としている。恐るべき体力は、若さゆえだろうか。今日が休みだから無茶をしたのだろうけれど、さすがに一晩で何度も求められては体力が持たない。

「シャワー、浴びたいです……」

とりあえずそれだけを口にすると、彼がクスッと微笑んだ。

「わかりました。でも、その前にこれを受け取ってもらえますか？」

克己は手のひらにある小さな箱を空けて、立夏に差し出した。

「結婚してください、立夏さん。貴女をしあわせに出来るのは俺だけだし、俺をしあわせにできるのも貴女だけです」

小さな箱の中身は、彼と付き合う前にジュエリーショップで見かけたブライダル用の指輪——プラチナリングにひと粒石が輝くダイヤモンドだった。

あまりの驚きで彼を見上げると、台座から指輪を抜いた克己が立夏の薬指に嵌めてくれる。

「もう逃がしません。上司としてじゃなく恋人として命令です。観念して、俺と一生添い遂げてください。……返事は？」

「……はい」

静かに首肯した立夏の目に、涙が浮かぶ。克己は強気なプロポーズとは裏腹に、目に見えて安堵していた。立夏の涙を唇で拭って上掛けごと抱きしめると、珍しく照れた様子で話し出す。

「ありがとうございます。本当は、もっとちゃんとしたシチュエーションでプロポーズすることも考えたんですが……一刻も早く、立夏さんと結婚したかったんです」

「……わたしは、逃げませんよ？」

「それでも、です。今度、俺の実家に一緒に行ってくれますか？　両親と飼いネコに会ってください」

「せっかちですね。でも……嬉しいです」

逃がさないという言葉通り、克己は立夏との結婚に向けて早々と動き出そうとしている。

愛されている喜びに胸が満たされるのを感じながら、立夏は彼と歩む未来を想像して微笑んでいた。

エピローグ

克己にプロポーズされてから、一カ月後。十一月の下旬。立夏は、克己の実家への挨拶を済ませた。結婚の報告を聞いた彼の両親は、想像以上に喜んでいた。年上であることを気にしていた立夏だが、克己の両親は彼とよく似た微笑みで受け入れてくれた。最後には「息子をよろしくお願いします」と、頭を下げられ、恐縮しきりだった。

報告の場には、北條家の愛猫もいた。以前、携帯で見せてもらったことのあるアメリカンショートヘアである。あまりの可愛らしさに、立夏の表情はゆるみっぱなしだった。普段は表情があまり出ないものだから、彼の両親と対面するのは心配だったものの、ネコが上手く表情を引き出してくれたようだ。

すっかり打ち解けてよくよく話を聞いてみると、克己は挨拶に行く前からすでに「結婚を考えている女性がいる」と両親に伝えていたらしい。しかも、自分の両親だけではなく、立夏の母にも伝えていたという。

「立夏さんの部屋でお会いしたとき、連絡先を交換していたんです。たまにメールのやり取りをさせてもらってるんですよ」

克己の実家に行った帰りに何気なく明かされて、立夏はあまりの驚きで声がでなかった。

(メールって、克己と母で何を話すんだろう。なんというか……本当に、抜け目がない人だよね……)

ふたりが距離を置いていたときも、きっちり周囲に根回しを行っていたのだ。立夏は思わず、ひとりで思い悩んでいた時間はなんだったのかと言いそうになった。しかし、それも必要な時間だったのだと思い直す。

一度離れたことで、克己への気持ちが再確認できた。きっとそれも、彼の思惑通りだったのだろう。驚かされっ放しだが、これも立夏を想っているからこその行動なのだと、今は理解できる。

薬指に光る指輪を見つめてそんなことを考えていたとき、克己の住むマンションに到着した。といっても、そこは数週間前まで住んでいた賃貸マンションではなく、会社からふた駅ばかり離れた場所にある分譲マンションである。

「なんだか、癖で前のマンションに戻りそうになるんです。立夏さんが越してきてくれたら、そんなことはなくなると思うんですけど」

「それは、ちゃんとふたりで決めたじゃありませんか」

彼は立夏がプロポーズを承諾すると、あらかじめ目をつけていたマンションに時を置かずして引っ越した。もちろん、立夏との新居用に購入したものである。立夏の引っ越しは入籍してからとふたりで決めたが、ほぼ半同棲状態になっている。ちなみに入籍は、ふたりが携わっている創業記念事業プロジェクトで手掛けた商品が発売されてからだ。ひとつの区切りにふさわしいと、これもふたりで決めた。

「わかってます。貴女が越してくるまでは、おとなしくしてますよ」

真新しいマンションのエントランスを通り抜けると、克己はすれ違う住人と挨拶を交わしている。立夏も軽く頭を下げると、住人が連れている小型犬を横目に、エレベーターに乗った。

克己が居を構えたのは最上階で、リビングの窓からはスカイツリーが見える。立夏のお気に入りの景色だが、気に入っていることはもうひとつ。

「ただいま〜……にゃん太」

克己がドアを開けると同時に、立夏は急いで玄関に滑り込む。すると、アメリカンショートヘアの子猫が出迎えてくれた。

そう――彼は、立夏のためにペットの飼育が可能な物件を購入してくれたのだ。しかもここに引っ越すと同時に、ネコを飼い始めている。雄なので『にゃん太』としたが、言わずと知れたふたりが勤める小野田製菓のイメージキャラクター『にゃん太郎』から取ったものだ。

いつかネコを飼いたいと言った立夏の夢を、彼は叶えてくれた。幼いころからの夢が叶ったものだから、この部屋に来るたびにゃん太と戯れては癒されている。

だが――。

「にゃん太は俺と同じで、立夏さんが大好きですね。でも、にゃん太であろうと立夏さんは渡しませんよ」

部屋に入った克己は、立夏の腕からにゃん太を取り上げた。克己のヤキモチに、立夏は首をかしげる。

「ネコにまで妬くなんて……大人げないです」

「立夏さんに関しては、大人げはないし独占欲も強いんです。だから立夏さん……俺をあんまり妬かせないでくださいね」

克己は微笑むと、立夏に唇を重ねた。最初は戯れるように軽く啄んでいたのに、どんどん深く長いキスに変わっていく。

最初に、『貴女の心を俺で埋め尽くしてみせます』と宣言された通り、心の中は克己で埋め尽くされている。

彼の愛を一身に浴びて、立夏は誰よりもしあわせを感じていた。

あとがき

ヴァニラ文庫ミエル様では初めまして、御厨翠（みくりやすい）と申します。

このたびは、拙著をお手に取っていただきありがとうございます！

本作は、ひと言で表すとすれば、「年下男子がグイグイ迫り、年上女子を陥落させる話」という感じでしょうか。日ごろは年上男子がヒーローの話をよく書いているのですが、今回珍しく年下男子を描いた作品になりました。

いつもと勝手が違うので、自分にとってある意味挑戦でもあり、その分悩まされることもありました。ですが、書いているうちに、「年下の敬語男子もいいかも」と思うようになりました。このところヒロインを「お前」と呼ぶヒーローを多く書いていたこともあり、敬語を使う男子が新鮮で楽しかったというのもあります（笑）

いつか機会があれば、もっと年下のヒーローを書いてみたいな～と思います。

ちなみに本作の主人公である立夏は、ヒーローとの年齢差をそこまで強く意識していません。代わりに、とても不器用で自分に自信がない女性なので、克己に言い寄られても信じられません。過去にあったとある出来事が、いつまでも心の棘（とげ）となり、コンプレックスになっていました。そんなとき、うっかり酔いに任せて隙を見せたところを克己に付け込まれます。

……こう書くと、克己がすごく性格が悪く見えるのですが……彼はよくも悪くも一途なので、立夏を手に入れるためなら手段を選びません。着々と距離を縮められて包囲網を敷かれ、愛されまくる立夏の姿を楽しんでいただければと思います。


イラストは、七里(しちり)慧(けい)先生が担当してくださいました！

担当様から七里先生のお名前を聞いたときは、大変驚きました。というのも、七里先生のコミックスを愛読しているファンでして……。TLからBLまで、幅広くご活躍されている先生の作品を、いつもうっとりしながら読ませていただいております。なので、挿絵をお引き受けくださったと聞いたときは、ひとりでニヤニヤしてしまいました。

キャラクターラフだけで美麗な主役ふたりの姿に、感激しております。しかも、『にゃん太郎』まで描いていただけるとは……！　あまりの可愛さに、思わずパソコンに向かって拝んでしまいました。表紙はもちろん、口絵や挿絵も今から出来上がりがとても楽しみです。

七里先生、お忙しいところお引き受けくださりありがとうございました！

紙幅も尽きかけてまいりましたので、ここからは謝辞を述べさせていただきます。

担当様を始めとする、本作の刊行にお力添えをくださった皆様。特に担当様には、校正作業で多大なご面倒をおかけいたしました……。にもかかわらず、あたたかく見守っていただき感謝に堪えません。この場を借りてお礼申し上げます。

そして執筆に行き詰ったとき、的確なアドバイスと励ましをくれた友人Ｓ。いつもサポートをして、時にプレッシャーを掛けてくれる家族。

何よりも、この本を読んでくださった皆様に、心より感謝いたします。

本作が、皆様のお好みに合うものであれば、作者として嬉しく思います。

それでは、また、別作品でお会いできることを願いつつ。

御厨翠

溺恋オフィス
～年下上司に求愛されてます～

Vanilla文庫 Miel

2017年5月5日　第1刷発行　　定価はカバーに表示してあります

著　作　御厨 翠　©SUI MIKURIYA 2017
装　画　七里 慧
発行人　スティーブン・マイルズ
発行所　株式会社ハーパーコリンズ・ジャパン
東京都千代田区外神田3-16-8
電話　03-5295-8091（営業）
0570-008091（読者サービス係）
印刷・製本　大日本印刷株式会社

Printed in Japan ©K.K.HarperCollins Japan 2017 ISBN978-4-596-74547-7